3.

www.lenos.ch

Viola Rohner

42 Grad
Erzählungen

Lenos Verlag

Die Autorin und der Verlag danken der Fachstelle Kultur Kanton Zürich für die grosszügige Unterstützung.

Der Lenos Verlag wird vom Bundesamt für Kultur mit einem Strukturbeitrag für die Jahre 2016–2020 unterstützt.

Erste Auflage 2018
Copyright © 2018 by Lenos Verlag, Basel
Alle Rechte vorbehalten
Satz und Gestaltung: Lenos Verlag, Basel
Printed in Germany
ISBN 978 3 85787 488 8

www.lenos.ch

für Mathias

Inhalt

Das Meerschweinchen   9

Happy Halloween   63

Nach Moskau   81

Eine Autorin und ein Autor   113

Das Treffen   137

Fireballs   165

Eden View   177

Eine Kette von Bildern   199

42 Grad   211

Das Meerschweinchen

I

Ameisen krabbelten über seinen aufgedunsenen Körper. Durch sein braunes Fell schimmerte weiss die gespannte Haut. Es lag in der hintersten Ecke des Stalles, dort wo es sonst schlief. Es lag auf der Seite, den Kopf gegen die Plastikschale gedrückt, die eigentlich dazu diente, seinen Urin und Kot aufzufangen. Zwei Pfötchen zeigten verkrümmt in die Luft, auf seinem Auge sass eine Fliege, und aus dem Mund ragten seine Nagezähne wie eine weit geöffnete Zange, die klemmte und sich nicht mehr zumachen liess.

Irma schloss die Stalltür. Das Meerschweinchen tat ihr leid. Sie hatte nicht gewollt, dass es starb. Jeden Tag hatte sie ihm Futter ins Gehege gelegt und seinen Stall einmal pro Woche gesäubert. Sie hatte nicht jedes Mal nachgeschaut, ob es noch lebte, und sie hatte auch nicht mit ihm gesprochen wie Sarah, aber sie hatte es gewissenhaft versorgt, ihm im Winter Mohrrüben und Kohlblätter gegeben und im Sommer Löwenzahn, der überall im Garten spross. All das hatte sie für das Meerschweinchen getan, das von Sarah bei ihrem Auszug einfach zurückgelassen worden war. Genauso selbstverständlich zurückgelassen wie ihr Bett, ihr Tisch und ihr Stuhl. Wie ihre Poster. Wie der Bleistifthalter, die Briefe und die Steinsammlung, die noch heute genau so auf ihrem Tisch lag wie vor vier Jahren, als sie in eine Wohngemeinschaft in der Stadt gezogen war. Sarah war gegangen, als würde sie am nächsten Tag gleich wieder zurückkehren. Als wäre sie nur eben kurz in die Ferien gefahren. Aber sie hatte seither keine einzige Nacht mehr zu Hause in ihrem Bett verbracht. Nicht einmal an Weihnachten, wenn sie für gewöhnlich länger blieb und mit Irma zusammen zuerst das Bäumchen dekorierte und danach vom kleinen Schmorbraten mit Rotkraut ass.

Daniel, der nach Abbruch seines Studiums ins Ausland gezogen war, übernachtete ab und zu bei Irma. Er kam für zwei, drei Tage, ging seinen Geschäften nach und wohnte bei ihr, weil es billiger war als im Hotel. Daniel hatte, im Gegensatz zu Sarah, alles mitgenommen, als er ausgezogen war. Sogar sein Bett und seinen Tisch. Sein Zimmer war vollkommen leer seither. Und wenn er nach Hause kam, musste er im Zimmer seiner Schwester übernachten.

Irma hätte Daniels Zimmer für Gäste einrichten können. Oder als Nähzimmer. Oder als ein Zimmer zum Aquarellieren. Sie hätte ihre kleine Staffelei, die unten im Wohnzimmer stand, hinaufbringen und sich einrichten können. Das Licht war gut, und es gab sogar ein kleines Lavabo mit fliessendem Wasser, wo sie die Pinsel hätte auswaschen können. Das Zimmer hätte ein perfektes Atelier abgegeben. Aber Irma hatte sich all das nicht einmal überlegt. Sie winkte sofort ab, als Daniel den Vorschlag bei einem seiner Besuche machte.

Irma trat durch die Verandatür zurück ins Haus. Sie schaute auf die Uhr. Es war schon fast sechs. Sie ging in die Küche und riss eine Tütensuppe auf, schüttete den Inhalt in eine Tasse und stellte den Wasserkessel auf den Herd. Sie schnitt eine Scheibe Brot ab, legte sie zusammen mit der Tasse auf das Tablett, setzte sich an den Küchentisch und wartete, bis das Wasser kochte. Während sie wartete, zählte sie die restlichen Tüten in der Packung. Es waren nur noch vier. Sie stand auf und schrieb das Wort Suppe auf das kleine Whiteboard, das am Kühlschrank hing. Das Wort stand jetzt unter Klopapier, Senf und Schnur.

Sie goss das heisse Wasser in die Tasse und ging mit dem Tablett hinüber ins Wohnzimmer, schaltete das Radio ein und setzte sich an den Esstisch. Der Platz, der am nächsten zur Küche lag, war ihr Platz von jeher.

Sie löffelte ihre Suppe und hörte die Nachrichten. Nicht weil es sie interessierte, was in der Welt vor sich ging. Die Rede war ja stets vom Gleichen: von Krisen und politischen Wechseln. Sie hörte die Nachrichten, weil sie eine Stimme hören wollte. Eine Stimme, die zu ihr sprach. Sonst störte sie die Stille in dem grossen Haus nicht, nur beim Essen fehlte ihr ein Gegenüber.

Dann schaltete sie das Radio wieder aus, ging in die Küche und wusch das Geschirr. Sie stellte die Tasse zurück in den Schrank und legte den Löffel in die Schublade. Sie reinigte die Spüle und den Herd. Sie mochte es, wenn der Chromstahl glänzte. Sie putzte auch den Küchenboden. Sie wischte ihn sogar mit einem feuchten Lappen. Sie liebte den Geruch von Putzmittel in ihrer Küche. Auch im Bad. Sie reinigte es jeden Tag, obwohl dies nicht nötig gewesen wäre. Sie duschte nur kurz am Morgen, putzte die Zähne und kämmte sich. Sie schminkte sich nicht und benutzte keine Crèmes, die Flecke auf der Glasablagefläche hätten hinterlassen können.

Als sie fertig war, ging sie wieder ins Wohnzimmer und setzte sich auf ihren Platz am Tisch und schaute hinaus in den Garten. Wenn sie den Kopf ein wenig drehte, konnte sie das Gehege des Meerschweinchens sehen. Auch seinen Stall. Sie hätte merken müssen, dass es seit längerem nicht draussen gewesen war. Sie hätte nachsehen sollen, was los war. Vielleicht hätte sie es noch zum Tierarzt bringen oder zumindest Sarah anrufen können. Sie überlegte, ob sie sie jetzt anrufen und vom Tod des Meerschweinchens unterrichten sollte. Aber sie schob den Gedanken schnell beiseite. Sie rief Sarah nie an. Es genügte, sie bei ihrem nächsten Anruf zu informieren. Es liess sich für das Tier sowieso nichts mehr tun. Es war tot.

Sie hörte Musik. Bach. Die Fugen.

Die Musik war das Einzige, was von Irma ausgewechselt worden war, nachdem ihr Mann sie verlassen hatte. Sonst veränderte sie nichts im Haus. Nicht die kleinste Kleinigkeit. Sie beliess alles, wie es war. Sie durfte alles behalten. Das Haus, die Möbel, die Bilder, sogar die Fotoalben. Ihr Mann wollte nichts mitnehmen. Ich will noch einmal von vorne beginnen, hatte er zu ihr gesagt. Sie hatte über diesen Satz gelächelt und ihn nicht ganz ernst genommen. Aber ihr Mann setzte ihn tatsächlich um. Er heiratete wieder, eine Frau, die fast dreissig Jahre jünger war als er, und vor kurzem war er noch einmal Vater geworden.

Ihr Mann hatte gern Chopin gehört. Er besass fast alles von ihm. Das gesamte Werk für Klavier. Als er noch jung gewesen war, spielte er selbst sehr gut. Wenn er einen anstrengenden Tag in der Praxis hatte, legte er sich zuerst auf das Sofa im Wohnzimmer und hörte mit geschlossenen Augen Chopin. Oft zuckten seine Hände dabei ein wenig und vermittelten ihr das Gefühl, er würde die Stücke in seinem Inneren mitspielen.

Als die Kinder noch klein gewesen waren, hatte sie sofort gekocht, wenn er nach Hause gekommen war. Meist war es schon spät, und die Kinder warteten hungrig. Sie ging in die Küche und machte die Tür zu, damit ihr Mann den Lärm des Ventilators nicht hörte. Den Kindern sagte sie, sie sollten ihren Vater nicht stören. Er habe einen anstrengenden Tag hinter sich. Sie wies sie an, ihr in der Küche zu helfen. Oder sie schickte sie hinauf in ihre Zimmer und rief sie erst wieder, wenn das Essen fertig war.

Als die Kinder grösser waren und am Abend oft wegblieben, weil sie zum Sport gingen oder zu Freunden, setzte sie sich zu ihrem Mann, wenn er nach Hause kam, und kochte erst später. Sie hörte mit ihm zusammen Musik, schloss wie er die Augen und folgte mit ihm der Musik. Manchmal kniete sie neben ihm nieder und legte ihren Kopf auf seine Brust. Sie spürte seine Wärme an ihrem Ohr und das Klopfen seines Herzens. Wenn er ihr mit der Hand über den Kopf strich, war sie glücklich.

Nach dem Auszug ihres Mannes hatte sie seine Chopin-CDs alle noch ein paarmal gehört. Aus Nostalgie und auch, weil sie sich lange wünschte, dass er zu ihr zurückkehren würde. Aber immer tauchten in ihrem Innern unangenehme Bilder auf, wenn sie die Musik hörte. Sie sah ihn mit der jungen Frau vor sich. Auf Spaziergängen, am Frühstückstisch, ja sogar im Bett. Sie spürte seine Erregung, spürte, wie sein Glied hart wurde in ihrer Hand, wie er leise stöhnte. Sie roch seinen Schweiss und sein Sperma.

Sie ging in die Stadt und kaufte sich neue CDs. Zu Weihnachten und zu ihrem Geburtstag liess sie sich von ihren Kindern noch andere schenken: Brahms und Schubert und Liszt. Sie gab ihnen genaue Aufträge, und sie waren froh über diese Aufträge. Zu Anfang hatten sie wohl gedacht, ihre Mutter von der neuen Situation ablenken zu müssen, und sie auf Kursangebote aufmerksam gemacht, auf Wanderferien und auf Konzerte in der Tonhalle. Sie schenkten ihr Gutscheine, Karten für das Opernhaus, für das Schauspielhaus oder für eine Lesung. Aber wenn sie nicht mitkamen, liess Irma die Gutscheine verfallen.

Ihr Mann war der Einzige gewesen, der mit ihr ein gewisses Interesse an Kultur geteilt hatte. Sie waren oft in die Oper und in Konzerte gegangen. Sie waren Abonnenten gewesen, Mitglieder, Sponsoren. Sie waren an Galadiners eingeladen worden und an Bälle. Irma hatte sogar ein schulterfreies Kleid besessen, nur für diese Anlässe.

Tage später öffnete sie die Stalltür wieder. Der Körper des Meerschweinchens war jetzt offen. Maden und Fliegen krochen über sein Fleisch. Der Geruch von Verwesung kam ihr entgegen. Über dem Mist lag ein gräulicher Film. Sie hätte alles wegwerfen müssen. Das Meerschweinchen mitsamt der Kot- und Urinschale, mitsamt dem Mist. In einem grossen Müllsack hätte alles Platz gehabt. Aber sie schloss das Türchen einfach wieder zu.

Sie rechte das Birkenlaub zusammen, das wie ein goldener Teppich auf dem Rasen lag, und holte einen der grossen Körbe, um es zum Komposthaufen zu tragen. Sie hatte im Garten immer alles selbst gemacht. Sie hatte sämtliche Blumen und Sträucher gepflanzt, auch die Birke und die Föhre, die nun fast höher war als das Haus. In der ersten Zeit ihrer Ehe hatte ihr Mann noch einen Gärtner anstellen wollen, der ihr helfen sollte, aber sie wehrte sich dagegen. Sie wollte nichts aus der Hand geben. Nicht das Geringste. Der Garten war ihr Reich.

Sie verteilte das Laub auf die beiden Komposthaufen und warf ein paar Handvoll Kompoststarter darüber. Laub verrottete schlecht. Man musste künstlich nachhelfen, damit ein guter Kompost entstand. Es war auch wichtig, den Haufen einmal im Jahr umzustechen. Man musste Zeit und Sorgfalt aufwenden, um guten Humus zu erhalten. Im Frühjahr würde sie ihn mit einer kleinen Schubkarre im ganzen Garten verteilen.

Sie schnitt die letzten verblühten Rosen ab, die da und dort noch an einzelnen Büschen hingen. Als junge Frau hatte sie Dentalhygienikerin gelernt. Aber ihr Beruf war für sie nur eine Art Übergangslösung gewesen. Im Grunde genommen hatte sie Mutter sein wollen und Hausfrau. Oder besser: Hausfrau und Mutter. Sie war nie eine begeisterte Mutter gewesen. Sie mochte ihre Kinder, aber sie hielt sie immer in einer gewissen Distanz. Sie wusste, dass es auch ohne Mutter ging. Ihre eigene Mutter war gestorben, als sie erst acht Jahre alt gewesen war.

Sie holte einen kleinen Eimer aus dem Schuppen und jätete das Unkraut, das sich trotz der tiefen Temperaturen immer noch vermehrte. Vornehmlich Vogelmiere und Vogelknöterich, die den Kulturpflanzen im Frühjahr den Platz nahmen. Im Gemüsebeet lichtete sie den Feldsalat aus, der viel zu dicht wuchs.

Als das Telefon klingelte, war sie eben dabei, den Wintersalat mit einer Folie abzudecken. Hastig ging sie mit ihren schmutzigen Schuhen ins Haus und nahm den Hörer ab. Aber es war nicht Sarah, es war Daniel, der sich überraschend in der Stadt aufhielt und seinen Besuch ankündigte.

Vergeblich versuchte sie, ihn davon abzuhalten, zu kommen und sogar übers Wochenende zu bleiben. Sie erklärte ihm, dass sie nichts im Haus und auch keine Zeit zum Einkaufen habe. Aber ihr Sohn lachte nur und sagte, sie werde schon etwas auf den Tisch zaubern, er habe vollstes Vertrauen in sie. Wozu all die Gemüsebeete? Dann verabschiedete er sich schnell.

Sie zog ihre Schuhe aus und kehrte den Schmutz auf dem Parkett zusammen. In den Socken trug sie den Dreck hinaus in den Garten und warf ihn in das Beet direkt neben der Terrassentür. Das Meerschweinchengehege leuchtete wie eine gelbe Insel auf dem grünen Rasen. Auf den Aussenseiten des Geheges und in seinem Inneren hatte sich Birkenlaub angesammelt, das sie nicht weggekehrt hatte. Was, wenn

Daniel nach dem Meerschweinchen fragte? Oder gar auf die Idee kam, den Stall zu öffnen? Schnell zog sie ihre Schuhe wieder an, holte nochmals den Rechen aus dem Geräteschuppen und entfernte das Laub.

Irma öffnete das Tiefkühlfach und suchte nach dem Kalbsragout, das sie irgendwann einmal für unangekündigten Besuch gekauft hatte. Es musste noch da sein. Sie fand es zuhinterst, zwischen bleichen Plastiktüten, in denen eingefrorene Beeren lagen. Als sie das Eis etwas weggekratzt hatte, sah sie das Datum. Es lag schon mehr als ein Jahr zurück.

Sie taute das Ragout in der Mikrowelle auf und briet es an. Dann schälte sie die Kartoffeln. Während alles kochte, ging sie in den Garten, um einen der Wintersalate abzuschneiden, die bereits ein wenig aufgeschossen waren. Sie war froh, dem Essensgeruch in der Küche entfliehen zu können. Sie hasste den Geruch, und das war auch der Grund, warum sie für sich selbst selten richtig kochte. Der Geruch setzte sich im ganzen Haus fest, in den Vorhängen, den Möbeln, in jedem Kleidungsstück. Ihr ekelte davor.

Sie atmete tief durch. Der Nebel war dabei, sich langsam zu lichten. Die grosse Wiese, die sich hinter ihrem Grundstück öffnete, wurde sichtbar, und auf der andern Seite tauchten die Häuser der Nachbarschaft auf, die in den letzten paar Jahren fast alle den Besitzer gewechselt hatten und mit viel Aufwand in villenähnliche Anwesen verwandelt worden waren.

Vorsichtig öffnete sie die Stalltür. Vom Fleisch des Meerschweinchens war schon so viel abgetragen, dass man an einzelnen Stellen seine Rippen sah. Nur sein Kopf mit dem aufgerissenen Mund war noch intakt und die Pfötchen in ihrer seltsam abgewinkelten Stellung. Sie konnte sehen, wie die Maden sich in seinem Fleisch bewegten. Im Magenbereich waren es ganz viele. Sie krochen ineinander und übereinander hinweg. Schnell verriegelte Irma den Stall wieder.

Die Küche war voller Dampf, als sie die Tür öffnete. Das ganze Wasser der Kartoffeln war weg. Sie machte das Fenster auf und prüfte, ob die Kartoffeln angebrannt waren. Sie waren in Ordnung, nur etwas verkocht. Sie würde Kartoffelpüree machen müssen, etwas anderes hatte keinen Sinn mehr. Sie prüfte das Kalbsragout. Vorsichtig hob sie einen Fleischwürfel aus der Pfanne und zerschnitt ihn auf einem Holzbrettchen. Als sie die Gabel zum Mund führen wollte, wurde ihr übel. Ihr Magen drehte sich um, und sie übergab sich in die Spüle. Schnell liess sie Wasser nachlaufen, aber die Masse war zähflüssig. Erst als sie den kleinen Filter aus dem Abflussloch hob, tat sich etwas, und langsam verschwand der rotgelbe Brei.

Als ihr Sohn klingelte, standen das Ragout und das Kartoffelpüree sauber angerichtet auf dem Tisch im Wohnzimmer. Sie hatte zwei Kerzen angezündet und als Dekoration ein paar Herbstblätter und einen Zweig mit Hagebutten um sie herum gruppiert. Daniel holte im Weinkeller seines Vaters einen Bordeaux, und während er die Flasche öffnete, schöpfte sie das Essen. Daniel prostete ihr zu, und sie erhob ihr Glas. Sie trank einen Schluck Wein und ass ein wenig vom Kartoffelpüree, aber es schmeckte ihr nicht.

Unablässig piepste Daniels Blackberry. War der Anruf wichtig, nahm er ihn an und telefonierte mit einem seiner Kunden. Er sprach schnell und laut in verschiedenen Sprachen. Manchmal wechselte er die Sprache sogar mitten im Satz. Ihr Mann und sie waren immer stolz auf das Sprachtalent ihres Sohnes gewesen. Oft hatten sie zueinander gesagt, dass er in den diplomatischen Dienst gehen oder sogar einen schöngeistigen Beruf ergreifen sollte. Zum Beispiel im Feuilleton einer Zeitung über Theaterinszenierungen und über Bücher schreiben. Aber leider zeigte Daniel keinerlei solche Interessen. Nachdem er zwei Semester Wirtschaft studiert hatte, zog er ins Ausland, gründete seine eigene Firma und ging seither seinen Geschäften nach.

Irgendwann entschuldigte sie sich bei Daniel, stand auf und legte sich auf das Sofa. Sie war müde. Das Geschirr würde sie später abräumen. Das hatte Zeit. Das konnte sogar bis morgen warten. Vom Sofa aus sah sie eine Weile zu, wie Daniel telefonierte, wie er mit seinen Händen gestikulierte, ab und zu aufsprang und sich woanders wieder hinsetzte. Sie lauschte seiner Stimme, deren Klang ihr auf seltsame Weise angenehm erschien, obwohl sie kein Wort verstand.

Dann schlief sie ein.

Sie träumte von ihrer Mutter, die im Garten des grossen Bauernhauses stand, in dem sie aufgewachsen war. Sie stand zwischen hellen Wäschestücken, die an langen Leinen im Wind flatterten und ihre Gestalt nur immer für den Bruchteil einer Sekunde freigaben. Die Mutter bat Irma mit freundlicher Stimme, ihr zu helfen, die Wäsche abzunehmen. Irma war erstaunt, wie leicht es ihr fiel, die Wäschestücke, die weit oben mit Klammern befestigt waren, zu fassen und in den Korb zu legen. Als sie fertig war, sah sie den Körper ihrer Mutter, den sie eigentlich nur als ein von Schmerzen verbogenes Stück Fleisch gekannt hatte, plötzlich ganz. Es war ein schöner, aufrechter Körper, nur mit einem leichten Sommerkleid bedeckt. Mit grossen, geschmeidigen Schritten kam er auf sie zu.

Daniel sass mit verschränkten Beinen, das Weinglas in der einen Hand, das Telefon in der anderen, neben ihr auf dem Boden. Er hörte auf zu sprechen, als er bemerkte, dass sie aufgewacht war, und sah sie durch seine dicken Brillengläser besorgt an. Er fragte sie, ob er einen Arzt rufen solle, und nach einer kleinen Pause, ob er Vater rufen solle. Aber sie schüttelte den Kopf. Es gehe ihr gut, sagte sie, nur ihr Magen sei vom vielen Essen ein wenig in Aufruhr geraten. Und um ihren Sohn zu beruhigen, lächelte sie.

    Sie sah die Kerzen auf dem Tisch, die schon beinahe zur Hälfte heruntergebrannt waren, ihr Licht, das sich im Fenster zum Garten spiegelte, und dahinter die dunklen Umrisse der Föhre, die im Wind hin- und herschwankte. Alles wirkte wie in Zeitlupe, so als geschähe es nicht wirklich, als gehörte es zu dem Traum, aus dem sie soeben aufgewacht war.

    Sie spürte, wie Daniel ihre Hand ergriff und sie eine Weile festhielt. Dann stand er auf, holte ihr eine Decke aus dem Schrank im Flur und deckte sie wie ein Kind zu. Sie sagte nichts. Sie liess alles stumm mit sich geschehen. Dann entfernte er sich, und sie hörte, wie er leise den Tisch abräumte, das Geschirr in die Spülmaschine stellte und die Pfannen in der Spüle abwusch. Als er ins Wohnzimmer zurückkam, fragte er, ob sie nicht hinauf in ihr Schlafzimmer gehen wolle. Er würde ihr helfen. Er könne sie auch hochtragen. Aber sie schüttelte den Kopf und zog die Decke bis unter ihr Kinn hoch.

Daniel nickte, packte seine ganzen Papiere und Unterlagen in sein Rollköfferchen und trug es die Treppe hoch. Ein paar Minuten später kam er noch einmal herunter, und sie sah, wie er die beiden Kerzen auf dem Tisch löschte. Im Dunkeln tappte er so nahe an ihr vorbei, dass sie ihn hätte berühren können.

Den ganzen Sonntag über blieb sie auf dem Sofa liegen und tat nichts. Sie hörte nicht einmal Musik. Sie lag einfach da. Ab und zu trank sie etwas von dem Tee, den Daniel ihr in einem Thermoskrug neben das Sofa gestellt hatte. Um sie nicht zu stören, hatte er sich im Zimmer seiner Schwester eingerichtet. Den ganzen Tag über hörte sie von oben den wechselnden Singsang seiner Stimme. Sie hatte etwas Beruhigendes, und ihr fiel auf, dass sie eigentlich gar nicht genau wusste, was Daniel verkaufte.

Am Montagmorgen stand sie früh auf, duschte sich, zog sich an und frühstückte mit ihrem Sohn. Sie trank sogar eine Tasse Kaffee und ass ein Stück Knäckebrot mit Butter. Sie sprachen über dies und das, über Daniels Geschäfte und über die neue Nachbarschaft, und später fragte sie ihn ganz beiläufig nach seinem kleinen Halbbruder, der vor wenigen Wochen geboren worden war. Aber er hatte ihn noch nicht gesehen.

Als es für Daniel Zeit war, zu gehen, zog Irma ihre Windjacke an und begleitete ihn zur nahe gelegenen Busstation. Sein Rollköfferchen machte einen grossen Lärm in der morgendlichen Stille. Irma glaubte, vereinzelt Vorhänge zu sehen, die zur Seite gezogen wurden, und dahinter Gesichter, die sie beobachteten. Die ganze Nachbarschaft musste auf sie aufmerksam geworden sein. Aber es war ihr egal. Mit schnellen Schritten ging sie neben Daniel her, sog die kühle Morgenluft in ihre Lunge und stiess sie, eine graue Dampfwolke bildend, wieder aus.

Als der Bus heranfuhr, küssten sie sich gegenseitig auf die Wangen: Mutter und Sohn. Dann stieg Daniel ein. Seine entschlossene Art, den Koffer aufzuheben und einzusteigen, erinnerte Irma an ihren Mann. Sie musste lächeln. René hätte nie ein öffentliches Verkehrsmittel benutzt. Er war ausschliesslich mit dem Auto unterwegs.

Irma winkte dem Bus lange nach. Auch als er bereits in die Hauptstrasse eingebogen und aus ihrem Blickfeld verschwunden war, bewegte sich ihre Hand noch.

II

René versuchte, den Winkel zwischen seinen Schenkeln so weit als möglich zu vergrössern, bevor er dem Gewicht, das nach innen drückte, langsam nachgab, bis seine Beine wieder in der geschlossenen Position waren. Sein Blick schweifte über Strassen, Häuser, Dächer, Fassaden. Dazwischen vereinzelt Vegetation, die auf Balkonen und Flachdächern wuchs. Die Muskeln wieder anspannen, die Beine langsam spreizen, bis vier zählen. Am äussersten Punkt das Gewicht halten. Warten. Den Kamin der Kehrichtverbrennungsanlage betrachten, die Rauchfahne, die daraus emporstieg, den Aquädukt der Eisenbahn Punkt für Punkt abtasten, dahinter die Gleise vor dem Hauptbahnhof, auf denen modelleisenbahnähnlich winzige Züge fuhren. Versuchen, noch weiter zu sehen, in die Ferne und bis zu den Bergen, dem Drang loszulassen nicht nachgeben.

René hatte sich in den letzten Monaten stark verbessert. Er schwitzte kaum noch, obwohl er das Gewicht auf allen Geräten kontinuierlich erhöht hatte. Nur die zwei Kilometer auf dem Crosswalker, die noch folgten, würden ihn nach dem Training unter die Dusche zwingen. Aber er durfte sie auf keinen Fall auslassen. Er musste auf sein Herz achten. Ein Umstand, der ihm nicht erst bewusst war, seit ihn einer seiner Kollegen bei einem Check darauf aufmerksam gemacht hatte. Beim Hinausgehen winkte er der jungen Frau zu, die an diesem Tag Aufsicht hatte. »Tschüss, René«, rief sie und lächelte mit ihrem rotgeschminkten Mund.

Im Lift prüfte er sein Aussehen. Sein sorgfältig gekämmtes Haar, die grauen Augen, die ihn durch die neue, modische Hornbrille kritisch ansahen. Seine Wangen, die vom Duschen leicht gerötet waren. Seinen Hals, an dem er eine Stelle entdeckte, die nicht sauber rasiert war. Er musste an seinen Vater denken, der es schon seit Jahren nicht mehr schaffte, den Kopf nach oben zu recken und gleichzeitig mit dem Rasierapparat über seinen Hals zu fahren. Wenn er ihn im Altersheim besuchte, verlangte er immer, dass er ihn ›ausrasiere‹. Geckenhaft fand René das Ganze. Trotzdem erfüllte er seinem Vater den Wunsch jedes Mal.

Er drückte die Taste G.

Während sich die Tür öffnete, griff er nach dem Autoschlüssel in seiner Hosentasche. Ein leises Piepsen fünfzig Meter weiter vorn. Sein Nissan Hybrid.

Er warf die Sporttasche auf den Rücksitz, stieg ein und startete den Motor. Er liebte das Geräusch dieses Autos. Es war ein ruhiges, gleichmässiges Schnurren. Ähnlich dem Schnurren einer Katze im Halbschlaf. Es hatte nichts mit einer Maschine gemein. Es war vollkommen organisch.

René war nicht besonders umweltbewusst, aber wenn Umweltbewusstsein und Technik zusammenkamen, faszinierte ihn das. Dann übersah er sogar, dass der Nissan am Berg nicht der Beste war. Aber das war jetzt ohnehin egal. Dina war ein Stadtkind. Dass sie mit ihm in die Agglomeration ziehen würde, war undenkbar.

Nach der Kreuzung passierte er ein paar alternative Bars, die sich direkt an der Strasse in heruntergekommenen Industriegebäuden eingemietet hatten. Trotz der Kälte stand ein halbes Dutzend junger Menschen in grellbunten Daunenjacken vor ihnen herum und rauchte. Die Leute waren ihm sympathisch. Am liebsten hätte er sich zu ihnen gesellt und sie um eine Zigarette gebeten. Er hatte keine Lust auf seine Schwiegereltern, deren diskrete Seriosität ihm auf die Nerven ging. Wenn er morgens um sieben müde aus dem

Schlafzimmer torkelte, sass Viorel bereits in Hemd und Krawatte mit seinem Laptop auf den Knien im Wohnzimmer und arbeitete. Und Arsenie stand vor dem gedeckten Frühstückstisch und goss den Kaffee in die Thermoskanne, damit sie sofort den Kleinen übernehmen konnte, wenn Dina ins Bad ging.

Wenn er Glück hatte, waren seine Schwiegereltern schon unterwegs zur Galerie. Mit Florim im Kinderwagen und der elektrischen Milchpumpe unten im Gepäckfach fuhren sie mitten im Abendverkehr quer durch die Stadt. Zwei pensionierte Geisteswissenschaftler, die ein Leben lang an der Uni Bukarest gelehrt hatten, machten sich für ihre Tochter zum Affen. Und sie beklagten sich nicht einmal. Sie taten alles mit der grössten Selbstverständlichkeit. Es war ihnen nichts zu viel. Wenn er sie nicht irgendwann aus seiner Wohnung schmiss, würden sie für den Rest ihres Lebens bei ihnen bleiben und sich um den Haushalt und die Kindererziehung kümmern.

René fuhr in die Tiefgarage und stellte den Nissan auf sein Parkfeld. Einen Moment lang überlegte er, ob er tatsächlich in die Wohnung hochgehen sollte. Wenn die beiden noch oben waren, würde er sie zur Galerie fahren müssen. Das war unumgänglich.

Aber er hatte Glück. Sie waren schon weg.

Er zog seine Schuhe aus und setzte sich auf das Sofa.

Wie immer, seit seine Schwiegereltern hier waren, war die Wohnung perfekt aufgeräumt und sah genau aus wie die topmoderne 150-Quadratmeter-Loftwohnung, die er vor zwei Jahren in einem Maklerkatalog entdeckt hatte. Nur der altmodische weisse Flügel, der mitten im Wohnzimmer stand, passte nicht.

René sah hinunter auf die Stadt. Es war dieser seltsame Moment zwischen Dämmerung und hereinbrechender Nacht. Ein Innehalten, bevor die Lichter in der Dunkelheit zu blinken begannen und der unruhige Puls der Stadt bis hier heraufdrang.

Er stand auf und ging in die Küche. Auf dem Tropfbrett standen, sauber aufgereiht, ausgekochte Babymilchflaschen und Schnuller. Er nahm ein Glas aus dem Schrank, füllte es mit Eiswürfeln und trug es ins Wohnzimmer. Mit einem schnellen Griff öffnete er die Bar, schenkte sich einen Whiskey ein und setzte sich mit dem gefüllten Glas wieder auf das Sofa.

Nach dem ersten Schluck spürte er ein schmerzhaftes Ziehen in seiner Brust. Nach dem zweiten verebbte es wieder.

Um sieben hatte er sich mit Daniel im Massalle verabredet. Zum Glück lag die Bar nicht weit entfernt. Trotzdem blieben ihm nur noch knapp drei Stunden, bis er Dina, Florim und seine Schwiegereltern in der Galerie abholen musste. Drei Stunden, in denen er sich lieber ein wenig ausgeruht hätte. Nach der Rückkehr seiner Familie würde dafür keine Zeit mehr sein. Abendbrot, danach das übliche Schachspiel mit Viorel, während Arsenie und Dina sich um die Küche und den Kleinen kümmerten. Aber er wollte nicht absagen. Es freute ihn, dass Daniel sich bei ihm gemeldet hatte und ihn sehen wollte. Sarah rief ihn nie an, obwohl sie gleich um die Ecke wohnte.

René trank sein Glas leer und schloss die Augen.

Wärme stieg in ihm auf. Entspannt lehnte er sich zurück.

Er beobachtete, wie die Strassenlaternen unter ihm angingen. Nichts zeigte besser, wie grossartig Technik funktionierte. Über was für ungeheure Möglichkeiten sie verfügte, wenn der Mensch sie richtig zu nutzen wusste.

Konzentriert verfolgte er die Lichter einzelner Strassenzüge, bis er sie im Wirrwarr der Häuser nicht mehr unterscheiden konnte.

Er stand auf und ging zum Flügel hinüber. Dinas

Hochzeitsgeschenk. Ein viel zu teures und übertriebenes Geschenk, wie er ihr immer wieder erklärt hatte. Seit er zum ersten Mal ihre gemeinsame Steuererklärung ausgefüllt hatte, wusste er, dass Dina über kein Vermögen verfügte und dass ihr Assistentinnenlohn kaum die nötigsten Lebenshaltungskosten deckte. Er konnte sich nicht vorstellen, wie sie das Instrument auf legale Weise erworben hatte. Aber jedes Nachfragen war zwecklos.

Renés Hände glitten suchend über die Tasten. Eine Oktave umspannen, ein paar Töne erklingen lassen. Ein neuer Versuch. Punkte, die in die Stille fielen. Der nächste Versuch. Seine Hände, die über die Tasten glitten. Krochen. Trippelten. Stehen blieben. Davonrannten und wieder brüsk bremsten. Der Anfang einer Mazurka. Klänge, in die er sich endlich hineingleiten lassen konnte.

Er spielte alles, woran sich seine Hände erinnerten: die *Nocturne,* den *Grande Valse brillante,* die *Polonaise* in As-Dur, das *Fantaisie-Impromptu,* die *Barcarolle* und das *Rondo.*

Er hielt inne. Atmete, spürte Dinas Hände, die wie unruhig Suchende über seinen Nacken glitten, über seine Schultern, seinen Rücken. So als würden sie nach Tönen auf seinem Körper suchen. Er musste lachen.

Ihre Hände kitzelten ihn, so leicht, so flattrig waren sie. Wie die Flügel eines jungen Vogels, der seine ersten Flugübungen machte. Dinas Lippen, die über sein Gesicht hüpften, über seinen Hals. Ihre kleine Zunge, die über seine Falten glitt, über seinen schlecht rasierten Hals und über sein Ohr. Spiel, hörte er sie flüstern. Spiel! Und er spielte weiter.

Mit einem Schlag überfiel ihn ein grosser Schmerz und umklammerte seine Brust. Er musste aufhören zu spielen, so stark war der Schmerz. Er liess seine Hände sinken. Unter grosser Kraftanstrengung klappte er den Deckel über die Tasten, so als müsste er die Anziehung, die sie noch immer auf ihn ausübten, ein für allemal bannen. Sein Körper krümmte sich wie ein Wurm. Er fühlte sich ihm ausgeliefert, und gleichzeitig spürte er eine Art Allmachtgefühl in sich aufkeimen: Wenn er wollte, konnte er den Wurm zertreten.

Endlich verebbte der Schmerz wieder.

René stand auf. Er schwankte. Beide Arme auf den Flügel gestützt, den Oberkörper nach vorn gebeugt, blieb er stehen. Er würde nicht in der Lage sein, ins Massalle zu gehen. Er musste Daniel anrufen und ihm sagen, dass er sich nicht gut fühlte. Warum dieses Treffen auf ›neutralem Boden‹, das Daniel sich gewünscht hatte? Dieses ›Gespräch unter vier Augen‹?

Sie konnten sich genauso gut hier in der Wohnung treffen.

Langsam tappte er zurück zum Sofa, streckte die Arme aus und liess sich fallen. Er hörte, wie sein Atem stossweise aus seinem Mund drang. Sein Gesicht, das gegen den rauen Sofaüberzug gepresst war. Vor kurzem noch hatte der Kleine nicht einmal seinen Kopf heben können, wenn er auf dem Bauch lag. Beim vergeblichen Versuch begann er vor Anstrengung zu weinen. René hatte keine weiteren Kinder mehr gewollt – Florim war Dinas Wunsch gewesen –, trotzdem durchflutete ihn jedes Mal ein Gefühl der Liebe, wenn er ihn so hilflos sah.

Um zu wissen, was mit ihm los war, hätte René kein Medizinstudium gebraucht. Er musste sofort Daniel anrufen und danach den Notfall. Oder noch besser Daniel beauftragen, den Notfall anzurufen. Er brauchte Hilfe, und zwar möglichst rasch. Jede Minute zählte bei Herzkranzgeschichten. Waren die Gefässe länger als eine halbe Stunde nicht durchblutet, konnten sie absterben. Die Leistungsfähigkeit des Herzens verminderte sich irreversibel.

Er griff nach dem Telefon, das zwischen aufeinandergestapelten Zeitungen vor ihm auf dem Salontisch lag. Mit fahrigen Händen suchte er nach Daniels

Nummer, aber er konnte die Namen auf dem Display nicht erkennen. Nur die Anfangsbuchstaben D. Erst jetzt bemerkte er, dass ihm beim Sturz auf das Sofa die Brille von der Nase gefallen war.

Aufs Geratewohl drückte er irgendeinen Namen: Eine Combox meldete sich. *The number you have dialled is not available. Please try again later,* verkündete eine emotionslose Automatenstimme. Er probierte es noch einmal. Niemand meldete sich. Dann abermals eine Combox. Er versuchte, nach dem Piepton seinen Namen und seine Adresse zu sagen, aber seine Zunge gehorchte ihm nicht. Beim Versuch, die 144 selbst zu wählen, glitt ihm das Telefon aus den Händen. Scheppernd fiel es zu Boden und blieb unter dem Salontisch liegen.

Ein unbekannter Klingelton schreckte ihn auf: *Take Five* von Dave Brubeck. Dina musste ihn in seiner Abwesenheit neu eingestellt haben. Gleichzeitig das Aufleuchten des Displays. Verzweifelt versuchte er, nach dem Gerät zu langen, indem er seinen Oberkörper millimeterweise vorbeugte. Er wollte seinen Arm ausstrecken. Aber sein Arm war festgeklemmt unter seinem Körper, der ihn mit seinem ganzen Gewicht niederdrückte. Das Gefühl, wegzugleiten und sich gleichzeitig aufzulösen. Der Geruch von Gras, Laub und Erde, der in seine Nase stieg. Wo war er? Draussen? Auf einer Wiese? In einem Wald? Hatte man ihn entführt und entledigte sich seiner nun mitten in der Natur? Hatte man Lösegeld für ihn gefordert, und seine Familie hatte sich geweigert, es zu bezahlen? Bilder von La Roche, dem kleinen Dorf, in dem Irma aufgewachsen war, stiegen in ihm hoch: ein Bauerndorf mit niedrigen Häusern, die sich unter weit ausladende Dächer duckten. Eine einzige Strasse, die durch das Dorf führte. An ihrem Ende eine kleine Kirche. Vor der geöffneten Tür Bauern, die Spalier standen, Heugabeln hochhaltend, die sie gegeneinander kreuzten. Zwischen ihnen ein dicker Teppich aus Rindenspänen. Er spürte den federnden Boden unter seinen Füssen, nahm wahr, wie sich seine Lunge öffnete und den Holzduft gierig einsog. Eine Dampfwolke bildete sich vor seinem Mund. Schneeflocken, die vom Himmel auf seinen Mantel fielen. Neben ihm Irma, die er kaum zu berühren wagte. So zerbrechlich erschien sie ihm, so puppenhaft fein. Sie trug ein langes weisses Kleid, und über ihren Schultern lag ein flauschiges weisses Jäckchen, das sie selbst gestrickt hatte. Gemeinsam gingen sie in die Kirche, langsam einen Fuss vor den anderen setzend. Orgelmusik. Die Gemeinde, die raschelnd aufstand. Vor dem Altar blieben sie stehen, den Blick zur Jungfrau Maria gerichtet, die ihnen den Weg wies: Geht hinaus, schien sie zu sagen. Geht hinaus zum Friedhof. René zögerte. Aber Irma nahm seine Hand und zog ihn mit sich. Komm, flüsterte sie. Komm. Und er ging mit ihr. Er wusste, er konnte sich ihr überlassen. Sie würde ihn führen, egal wohin, egal wie weit der Weg war. Strauchelte er, würde sie ihn zudecken mit Schnee.

III

Daniel stand an der Ampel. Auf der gegenüberliegenden Strassenseite ein Pulk von Passanten, die wie er auf das grüne Licht warteten. Anonymität. Einsamkeit auf den Gesichtern. Alte, Junge, Männer, Frauen, Kinder an der Hand ihrer Mütter. Was für eine ungeheure Masse von Menschen, die auf dieser Erde lebten und die man nicht kannte. Man stand dicht beieinander, berührte sich beinahe und hatte doch nichts miteinander zu tun. Das Gesicht einer jungen Frau, umrahmt von einem schwarzen Kopftuch: Es erinnerte ihn an Shirin.

Autos schossen vorbei. Körper wichen zurück. Daniel starrte auf den Schmutz im Rinnstein und auf seine Schuhspitzen, die über das Trottoir ragten.

Er hatte Shirin wochenlang in sein Apartment an der Rue Hermel gerufen und dafür Unsummen von Geld ausgegeben. Wenn sie keine Zeit gehabt hatte, hatte er die nächste Gelegenheit abgewartet. Oft mehrere Tage. Angebote, eine andere Frau zu bestellen, schlug er jedes Mal aus. Dann war ihm auch Shirin auf die Nerven gegangen wie all die anderen Frauen zuvor. Aus purer Verzweiflung posierte sie in Strapsen und rotem Minislip vor ihm, liess ihren Hintern kreisen und glitt mit ihren Händen über ihre nackten Brüste, ihren Bauch und zwischen ihre Schenkel. Am liebsten hätte er sie geschlagen. Geh, schrie er, zieh dich an. Als sie nicht reagierte, warf er ihr einen 100-Euro-Schein vor die Füsse. Er verachtete ihre Unterwürfigkeit, ihr sklavenartiges Bemühen, ihm zu gefallen. Das Schlimmste war, ihr zuschauen zu müssen, wie sie das Geld aufhob, sich schamhaft in der Küchennische versteckte und sich wieder anzog. Erst als sie im Entrée vor dem Spiegel stand, ihr Kopftuch richtete und sich in die züchtige Muslimin zurückverwandelte, die sie vorgab zu sein, konnte er aufhören, sie anzuschreien. Auf einmal wurde er ganz ruhig. Vor ihm stand wieder die Frau, die er haben wollte: Shirin, die kleine tunesische Hure, die ihren Mann und ihren Bruder an der Nase herumführte, die auch ihn an der Nase herumführte und all die andern Männer, mit denen sie verkehrte. Er trat auf sie zu, umfasste sie von hinten und zog mit den Zähnen die Nadel aus ihrem Kopftuch, sah im Spiegel in ihre weit aufgerissenen Augen, während ihr Tuch langsam zu Boden glitt. Er küsste ihr Haar, ihren Nacken, ihre Schultern, liess seine Hände unter ihr Kleid gleiten. Er drehte sie zu sich um und küsste sie auf den Mund.

Grün. Der Pulk bewegte sich auf ihn zu, liess ihn eintreten in ein Tor aus Körpern. Für einen Moment kreuzte man sich. Schulter an Schulter. Arm an Arm. Hand an Hand. Glitt aneinander vorüber, immer darauf bedacht, den unsichtbaren Raum zwischen Körper und Körper zu wahren. Dieses Mindestmass an Distanz, das man schon als Kind lernte einzuhalten. Er richtete den Blick auf die Fersen der Leute vor ihm, ein Gewirr aus Schuhen und Beinen, das sich stockend vorwärtsbewegte: Strümpfe, Pumps, blankpolierte Halbschuhe, Stiefel.

Shirin besuchte ihn von da an, ohne dass er sie bestellt hätte. Sie lauerte in der Mauernische hinter den Briefkästen seines Wohnhauses, trat aus dem Dunkeln, wenn sie ihn hereinkommen hörte, und ging hinter ihm die Treppe hinauf. Wenn er sie abwies, stellte sie den Fuss in seine Tür und blickte ihn an. Er liess sie eintreten. Sie zog sich aus. Er wies sie ab. Sie zog sich an. Er bat sie zu bleiben. Ein bizarres Ritual, das immer wieder von neuem begann. Eines Tages folgte er Shirin, bis in die Banlieue, in der sie wohnte. Er fand heraus, wie sie wirklich hiess. Wie ihr Mann hiess. Am Abend rief er ihn an und bat ihn, dafür zu sorgen, dass seine Frau ihn nicht mehr besuchte. Danach sah er Shirin nie wieder. Kein Anruf. Keine Nachricht. Jede Verbindung war abgebrochen. Manchmal sehnte er sich nach ihr – so wie heute. Er hatte Angst, dass sie tot war.

Daniel blieb stehen.

Autos hupten. Motoren heulten. Erhobene Arme. Stimmen. Erschrocken sah er sich um. Schnell ging er auf die andere Strassenseite. In seiner Jackentasche suchte er nach seinem Smartphone, um sich zu orientieren.

Die Galerie lag mitten in der Altstadt in einer schmalen Seitengasse. Eine teure Geschäftslage, auch wenn hier kaum ein Lieferwagen reinpasste. Auf einem Plakat vor dem Eingang stand gross der Name der Künstlerin, die ausstellte.

Daniel spähte durch die Fenster. Er hatte die Frau seines Vaters erst zweimal gesehen. Einmal in einem

Restaurant, in das ihn sein Vater zusammen mit Sarah eingeladen hatte, und einmal, als dieser zur Einweihung seiner neuen Wohnung einen Apéro veranstaltete. An ihr Gesicht erinnerte er sich nicht, nur an die Hand seines Vaters, die sich bei jeder Gelegenheit auf ihren Nacken legte.

Als er eintrat, ertönte eine Türglocke.

Auf einem Bürotisch stand ein Computer, daneben eine riesige Vase mit weissen Lilien. An den Wänden Bilder, von hellen Spots beleuchtet, die in verschiedenen Serien die Künstlerin selbst zeigten, wie sie ihr eigenes Foto mit blauer Farbe übermalte und auf dem nächsten Bild wieder erschien. So als würden sie sich gegenseitig voreinander verstecken: Kunst und Künstlerin.

Dass die neue Frau seines Vaters in einer Galerie arbeitete, die solche Bilder ausstellte, überraschte Daniel. Er hatte erwartet, es würden Blumenbilder sein. Stillleben mit Früchten in Fruchtschalen. Aquarelle. Sachen, die seine Mutter früher gemalt hatte.

Er setzte sich auf die weisse Bank in einer Nische, die vom Ausstellungsraum halb abgetrennt war. Ein Video wurde mit einem Beamer an die Wand projiziert. Es zeigte einen Mann und eine Frau, die an einem Bein mit einem Draht zusammengebunden waren. Ungelenk gingen sie so aneinandergeschnürt im Kreis. Runde um Runde. Und am Ende jeder Runde lockerte die Frau den Draht ein wenig, bis er nur noch als loses Überbleibsel um die Knöchel der beiden hing.

Daniel erwartete, dass das Paar – nun von allen Einengungen befreit – zu tanzen beginnen würde. Oder zumindest beschwingt in verschiedene Richtungen auseinanderginge. Aber das Video hörte ganz einfach auf, nachdem die Frau die letzte Drahtschlinge gelöst hatte.

Daniel blieb sitzen und sah sich den Abspann an. Er konnte sich nicht von der Hoffnung lösen, dass wenigstens im Abspann noch etwas passierte.

Dann begann der Film wieder von vorn.

Eine ältere Dame mit einem Säugling auf dem Arm trat neben ihn und erklärte in gebrochenem Englisch, dass sie die Galerie jetzt schliessen müsse. Daniel fragte nach Dina. Aber er musste ihren Namen so undeutlich ausgesprochen haben, dass die Frau ihn nicht richtig verstand. Sie sagte nur immer wieder: »Sorry, sorry, nobody here«, und begann die Lichter der Galerie zu löschen, während Daniel dasass und zusah, wie sie mit dem Kind auf dem Arm ihren Mantel anzuziehen versuchte.

Als es zu weinen begann, kam die Frau auf ihn zu, sagte »please« und legte ihm den Säugling einfach in die Arme. Aus verweinten Augen sah das Kind zu ihm hoch, bevor es erneut aus Leibeskräften zu schreien begann. Sekunden später ging ein Zittern durch seinen Körper, gefolgt von einem Schniefen – und es war ruhig.

Die Frau hatte in der Zwischenzeit ihren Mantel angezogen, alle Lichter gelöscht und den Kinderwagen vor die Tür gestellt. Den Schlüssel in der Hand, blickte sie lächelnd zu Daniel hinüber, der es geschafft hatte, das Kind zu beruhigen. Sie kam auf ihn zu und nahm es ihm mit überschwänglichen Dankesworten ab. »Thank you. Thank you. Thank you so much«, sagte sie immer wieder.

Daniel stand auf, ging hinter ihr aus der Galerie und sah ihr zu, wie sie das Kind in den Kinderwagen legte und zudeckte. Während sie die Tür zusperrte, hielt er den Wagen. Gewissenhaft prüfte sie, ob die Tür tatsächlich abgeschlossen war.

Gemeinsam gingen sie über das holprige Altstadtpflaster in Richtung Tramhaltestelle, den Blick auf das Kind gerichtet, das aufmerksam zu einer Reihe von verschiedenfarbigen Holzkugeln hochsah, die an einer Schnur über ihm hin- und herschwangen.

Als die Tram kam, half Daniel der Frau, den Kinderwagen hineinzuheben. Wieder sagte sie überschwänglich: »Thank you. Thank you.« Und nochmals: »Thank you.« Er stieg hinter ihr ein und setzte sich etwas weiter vorn auf einen der Einzelsitze. Das Gespräch, das er mit seinem Vater hatte führen wollen, erschien ihm plötzlich obsolet – seine Bitte, die er hatte vorbringen wollen, die Mutter doch ab und zu anzurufen.

IV

Sarah erhob sich von ihrem Schreibtisch und ging in die Küche. Verärgert stellte sie fest, dass Zoé ihre Schlüssel neben dem Brotkasten liegengelassen hatte. Sie warf die Schlüssel zu den anderen Sachen von Zoé: eine Taschenlampe, ein Notizblock und Nähzeug, mit dem sie am Morgen einen Knopf an ihren Mantel angenäht hatte. Am Rand des Küchentischs war immer der Zoéstapel, der von Montag bis Freitag stetig anwuchs – bis zum Wochenende, wenn grosses Reinemachen angesagt war. Dann forderten Sarah und Edith Zoé auf, ihr Gerümpel, wie sie es nannten, in ihr Zimmer zu tragen.

Sarah öffnete den Kühlschrank, nahm einen Joghurtbecher heraus und die Milchpackung. Sie schnippelte einen Apfel und eine Banane in eine Schale und machte sich ein Müsli. Mit der Schale setzte sie sich an den Küchentisch, ass und rief zeitgleich ihre Nachrichten auf.

Cédric schickte ein Bild von Zack und Mila vor dem Basiscamp. Auf ihrer Nase je ein dicker Strich Sonnencrème.

Jonas schrieb: Servus aus Köln. Wann sieht man sich wieder? Dazu ein Herzchen.

Melanie: Achtung, Daten PRJ4 nochmals überprüfen!!

Sandy hatte eine lange Nachricht geschrieben, die Sarah erst später lesen würde. Um Sandys Nachrichten zu verstehen, brauchte man ein Lexikon der Jugendsprache und ihrer Abkürzungen. Sie würde die Nachricht lesen, wenn Zoé zu Hause war. Dann konnte sie sich das Nachschlagen ersparen.

Daniel schrieb: Treffe Dad heute Abend. Kommst du mit?

Ihr Bruder hatte die Nachricht um 11 Uhr 13 abgeschickt. Jetzt war es bald neun Uhr abends. Daniel konnte sich nicht vorstellen, dass es Menschen gab, die nicht permanent auf ihr Smartphone starrten. Menschen wie sie, die ziemlich konzentriert arbeiten mussten.

Aber sie hätte ohnehin keine Lust gehabt, ihren Vater zu treffen. Sie fand diese Treffen mehr als erzwungen. Seit ihr Vater ihr vor drei Jahren seine Liebe zu einer Frau gestanden hatte, die mehr oder weniger gleich alt war wie sie, war ihr Verhältnis gespannt. Ediths Analyse, dass ihr Vater den Verlust seiner Tochter kompensieren musste, die mit zweiundzwanzig Jahren ausgezogen war, konnte sie nur belächeln. Ihr Vater hatte sich nie viel aus ihr gemacht. Das Einzige, was er an ihr immer gemocht hatte, war ihr Flair für Naturwissenschaften und Technik. Hätte sie ihm den Gefallen getan, Medizin zu studieren, hätte sie bestimmt einmal seine Praxis übernehmen dürfen.

Aber sie hatte ihre eigenen Pläne. Seit sie im vorletzten Sommer in der Cordillera Vilcanota auf 5000 Metern durch den Schnee gestapft war, bei jedem Schritt beinahe die Besinnung verlor und trotzdem weiterging, wusste sie, dass sie in ihrem Leben mehr wollte, als einen interessanten Beruf auszuüben. Sie wollte etwas bewirken auf dieser Welt. Und dafür war sie bereit, bis an ihr Limit zu gehen. Bis zu dieser Grenze zwischen Wahnsinn und Erfolg. Stürzte sie ab, war ihr Leben genauso richtig gewesen, wie wenn sie den Nobelpreis erhielt.

Was sie am wenigsten wollte, war ein Leben in Ruhe und Bequemlichkeit, wie es ihr ihre Mutter vorgelebt hatte: Für ein paar frische Salate, die man genauso gut im Supermarkt kaufen konnte, jahrein, jahraus den Garten bestellen, dem Ehegatten die Hemden bügeln, ab und zu eine Ausstellung besuchen oder ein Konzert, zwei Kinder gebären, einmal wöchentlich ein paar Freundinnen treffen, mit denen man sich über den Garten, den Mann und die Kinder unterhielt.

Es ging Sarah nicht darum, die letzten eindeutigen Beweise dafür zu liefern, dass das Abschmelzen der Gletscher in den Anden zu einer nie endenden Serie von Umweltkatastrophen führte. Das war ohnehin schon gelaufen. Es ging darum, die Weltöffentlichkeit aufzurütteln und die Menschen in diesen Regionen zu schützen – sowohl vor den langanhaltenden Dürreperioden als auch vor weiteren Schlammlawinen. Aus den Gletscherseen sollten Wasserreservoire werden und deren Verbauungen die Dörfer gleichzeitig vor den herunterstürzenden Erdmassen schützen. Bezahlen sollten die Verursacher. Die grossen westlichen Multis mit ihrem masslosen CO_2-Ausstoss.

Sarah stand auf, nahm mechanisch die blubbernde Macchinetta vom Herd und schaltete ihn aus. Sie goss Milch in einen Topf und stellte ihn auf die noch warme Platte. Als gekräuselter Dampf aufstieg, leerte sie den Inhalt in eine grosse Tasse und goss den Kaffee dazu. Mit der Tasse in der Hand setzte sie sich wieder an den Küchentisch.

Sie war gut, das wusste sie, aber sie konnte noch besser werden. Forschung war zu einem grossen Teil Disziplin – nicht nur, wenn man, um seine Messgeräte zu platzieren, auf 5000 Metern über ein Schneefeld stapfte und bei jedem Schritt einen halben Meter einsank. Gute Forschung musste sich auch im Alltag gegen winzig kleine Widerstände ihren Weg bahnen. Diese waren oft schwerer zu überwinden als die grossen.

In Sarahs Zimmer hing über dem Schreibtisch der Tagesplan für die letzten vier Wochen bis zur Abgabe ihrer Dissertation: Um 6 Uhr aufstehen. Joggen bis 6 Uhr 30. Duschen. Frühstück. Schreiben bis 10 Uhr. Universität. Um 19 Uhr heimfahren. Abendbrot. Arbeit am Schreibtisch bis 22 Uhr. Lesen. Schlafen.

Sich nicht über Zoé ärgern, hätte sie noch hinzufügen können. Oder: Sich nicht dazu verleiten lassen, am Abend nach der Arbeit mit Viviane ein Bier zu trinken, um über die Studis der ersten Semester zu lästern, deren Übungen sie korrigieren mussten. Und am allerwichtigsten: Keine Nachrichten checken, um nicht enttäuscht darüber zu sein, dass José sich nicht meldete. Nicht nachrechnen, in welchen Intervallen er in den letzten paar Wochen Zugang zum Internet gehabt hatte, um zum x-ten Mal zum Schluss zu kommen, dass solch eine lange Pause nicht normal war und einen triftigen Grund haben musste.

Trotz ihrer Vorsätze konnte es sich Sarah nicht verkneifen, die Website der Universidad Nacional de San Antonio Abad del Cusco aufzurufen, um erneut festzustellen, dass die Verbindung einwandfrei funktionierte. Der Grund, warum sich José noch immer nicht meldete, konnte nur sein, dass er noch im Forschungsgebiet war. Irgendwo auf dem Suyuparina-Gletscher. Oder bei einem der kleinen Gletscherseen, die sich nach dem Rückzug des Suyuparina gebildet hatten. Sie fragte sich, warum Cédric, Mila und Zack im Basislager Internet hatten und José nicht. Dass er dort übernachtete, zumindest einmal beim Aufstieg und einmal beim Abstieg, war unumgänglich.

Aber im Grunde genommen wusste sie, dass alles Grübeln Zeitverschwendung war. Mit José konnte alles passiert sein. Wer in diesen Gebieten auch nur einen

Monat verbracht hatte, wusste das. Er konnte in eine Gletscherspalte gefallen oder ganz banal bei einem der Materialtransporte mit den Camionetas, die die einheimischen Fahrer regelmässig viel zu schnell fuhren, verunfallt sein. Und wer würde auf die Idee kommen, dass man eine gewisse Sarah Laube, die Tausende von Kilometern entfernt über ihrer Dissertation brütete, benachrichtigen musste? Nicht einmal Cédric und Mila wussten von ihrem Verhältnis. Weder sie noch José hatten gewollt, dass man über sie sprach. José nicht, weil er in Cusco eine Frau und ein Kind hatte, und sie nicht, weil sie nicht wollte, dass man sie zu dieser Kategorie von Forscherinnen zählte, die sich mit jedem einliessen, um sich nach der anstrengenden Arbeit am Abend irgendwo anlehnen zu können. Sie wusste, wie schnell man seinen guten Ruf verspielt hatte. Was dann noch blieb, war, sich von Postdoc- zu Postdoc-Stelle zu hangeln, um finanziell irgendwie überleben zu können. Aber an eine Karriere war nicht mehr zu denken.

Sarah spülte die Müslischale und ihre Kaffeetasse aus. Sie fühlte sich gestärkt und wach genug, um sich abermals für eine Stunde an ihren Schreibtisch zu setzen. Sie weckte ihren Computer aus dem Energiesparmodus und öffnete das File, an dem sie am Abend zuvor gearbeitet hatte. Eine leichte Arbeit. Im Grunde genommen ging es nur darum, die letzten Messdaten des Suyuparina in einer Grafik darzustellen. Den späten Abend reservierte sie sich für solch belanglose Arbeiten, die aber trotzdem getan werden mussten. Schreiben konnte sie um diese Zeit nicht mehr, dazu war sie zu müde.

Aus reiner Gewohnheit öffnete sie den Posteingang noch einmal und überflog die neuen Mails. Falls etwas wichtig war, würde sie am Morgen noch Zeit für die Antwort reservieren. Als sie Josés Adresse erblickte, erschrak sie. Um diese Uhrzeit rechnete sie längst nicht mehr damit, dass er ihr schrieb. In Cusco war es jetzt nachmittags um drei. War José in der Stadt, machte er Mittagspause mit seinem Team. War er im Basislager, sass er mit Sicherheit nicht am Computer. Die helle Tageszeit blieb den Messungen im Feld vorbehalten. Höchstens wenn eines der Geräte ausgestiegen war und repariert werden musste, blieb jemand im Zelt. Sarah folgerte: Entweder war eines der Geräte kaputt, oder José war krank. Dass er sonst auf das Mittagessen mit seinem Team verzichtete, war undenkbar. Mit der Sturheit eines Gewerkschafters hielt er an dieser Gewohnheit fest, obwohl es in der Kantine der Universidad San Antonio mehr oder weniger jeden Tag dasselbe gab: Arroz con Pollo.

Mit einem Doppelklick öffnete sie die Mail. José schrieb: *Dear Sarah, I am very sorry, I didn't answer your messages. My wife was pregnant with a second child and we lost it. I'll get to you soon. José*

Sarah las die Nachricht. Dann las sie sie nochmals. Und nochmals. Aber sie enthielt nicht mehr als das, was da stand. Sie enthielt keine weitere Begründung, warum José sich fast sechs Wochen lang nicht gemeldet hatte. Warum er mehr als zwanzig Mails von ihr nicht beantwortet hatte. Warum er sie während dieser langen Zeit im Ungewissen gelassen hatte, ob ihm etwas passiert war. Ob er vielleicht abgestürzt war oder auf andere Weise verunfallt. Warum er nicht das kleinste Lebenszeichen von sich gegeben hatte, damit sie beruhigt sein und sich voll und ganz auf ihre Dissertation hätte konzentrieren können in dieser letzten, wichtigen Phase vor der Abgabe.

Sarah stand auf. An Arbeiten war nicht mehr zu denken. Sie ging ins Bad und wusch sich das Gesicht und den Hals mit kaltem Wasser – genau wie im Camp. Sie musste einen kühlen Kopf bewahren. Sie durfte sich jetzt nicht zu einer unüberlegten Antwort hinreissen lassen. Sie musste ihre Emotionen zügeln.

Sie schaute in den Spiegel, und ihr wurde klar: Sie würde José die Antwort ersparen. Jegliche Antwort.

Als es klingelte, lag Sarah schon mehr als eine Stunde wach in ihrem Bett und wälzte sich hin und her. Sie war sicher, dass es Zoé war, die schuldbewusst unten vor der Tür stand. Am liebsten wäre Sarah einfach liegen geblieben und hätte das Klingeln ihrer WG-Kollegin ignoriert. Sie hatte keine Lust, sich wieder anzuziehen, nach unten zu gehen und die Haustür zu öffnen, die um diese Uhrzeit mit Sicherheit abgeschlossen war. Würde sie Zoé nur ein einziges Mal draussen stehenlassen, würde sie sich bestimmt besser organisieren und nicht erst im allerletzten Augenblick aus der Wohnung stürmen und alles Mögliche vergessen.

Als es nochmals klingelte und nochmals, schälte sich Sarah trotzdem aus ihrer Decke. Sie konnte ohnehin nicht schlafen, und ihr morgiger Tagesplan war bereits ruiniert. Sie warf sich ihren Mantel über, schlüpfte in die Hausschuhe, sperrte die Wohnungstür auf, machte Licht im Flur und stapfte die drei Treppen nach unten, laut Flüche gegen Zoé ausstossend, die eigentlich José galten: »Asshole, asshole, asshole.«

Beim Öffnen der Haustür zuckte sie zusammen: Nicht Zoé, sondern ihre Mutter stand draussen. Ihr bleiches Gesicht leuchtete hell in der Dunkelheit.

V

Irma suchte nach den kleinen Schalen, die sie jeweils für Chips und Apérogebäck benutzt hatte. Es waren farbige Schalen mit kleinen, aufgemalten Mustern gewesen, ein Geschenk von René zu einem ihrer Geburtstage. Sie hatte sie immer benutzt, wenn Besuch kam. Die Schälchen wurden mit Salzstangen, Oliven oder Erdnüsschen gefüllt. Manchmal mit Gurken oder Karotten, die sie in feine Stäbchen schnitt und zu denen sie verschiedene Dips mit Kräutern, Quark und Mayonnaise servierte. Vermutlich waren die Schalen ganz hinten in einem der Küchenschränke. Sie hatte sie nicht mehr gebraucht in den letzten Jahren. Wenn Sarah oder Daniel zu Besuch kamen, reichte ihr sechsteiliges Geschirrset vollkommen. Selbst wenn sie eine kleine Vorspeise zubereitete, liess sich diese auf einem der Frühstücksteller servieren, die sie auch im Alltag benutzte.

Irma öffnete einen Schrank nach dem andern, schob Teller zur Seite und tastete die hintersten Winkel nach den Schälchen ab. Sie stieg sogar auf einen Küchenstuhl, um das Fonduecaquelon, das zuoberst über dem Dampfabzug seinen Platz hatte, wegzuschieben und dahinter nachzusehen. Vergeblich.

Sie nahm eine Bewegung wahr. Arsenie stand unter ihr und sah zu ihr hoch. »Do you help need?«, fragte sie in ihrem gebrochenen Englisch. Irma schüttelte den Kopf. »No, thank you.« Die ganze Sucherei kam ihr plötzlich lächerlich vor. Warum war es wichtig, das Apérogebäck, das Daniel mitgebracht hatte, in diese farbigen Schälchen zu füllen? Sie konnte genauso gut ein paar Suppenteller benutzen.

Irma stieg vom Stuhl und schlüpfte zurück in ihre Hausschuhe. Sie hob vier Teller aus dem Schrank neben der Spüle, verteilte sie auf dem Tisch und begann Chips- und Brezeltüten zu öffnen. Arsenie half ihr, ohne zu fragen. In diesem Moment waren sie einfach zwei Hausfrauen, gewohnt, mit ein paar Handgriffen die notwendigen Vorbereitungen für eine Einladung zu treffen. Sie hätten Nachbarinnen sein können. Freundinnen. Ehefrauen, deren Männer geschäftlich miteinander verkehrten. Arsenie war ungefähr im selben Alter wie Irma. Sie trug eine feine Goldrandbrille, an deren Bügel winzige Perlen glänzten, und ihr Haar war sorgfältig gefärbt. Aber weder ihre braunen Haare noch die Perlen an ihrem Brillengestell täuschten über die Falten in ihren Augenwinkeln hinweg. Irma hatte ihre Haare weder gefärbt, noch hatte sie je etwas gegen die Falten unternommen, die sich in den letzten Jahren in ihre Gesichtshaut eingegraben hatten. Die Natur, von der sie seit ihrer Kindheit umgeben war, und der frühe Tod ihrer Mutter hatten sie die Vergänglichkeit des Lebens beizeiten gelehrt. Alles, was aus der Erde spross, verwelkte wieder und erneuerte sich höchstens, zu Kompost geworden, in einer anderen Pflanze. Aber sterben musste alles. Sogar der schönste und blühendste Margeritenstrauch.

Arsenie ging mit zwei gebäckbeladenen Suppentellern ins Wohnzimmer. Irma füllte den Wasserkrug mit Leitungswasser und stellte ihn auf ein Tablett neben eine Reihe von Gläsern. Sie würde Daniel bitten, im Keller nach einer Flasche Holunderblütensirup zu suchen. Selbstgemachter Sirup hielt sich jahrelang. Und möglicherweise fand sich sogar noch eine brauchbare Flasche Weisswein in Renés Vorrat. Für einen Bordeaux war es um diese Uhrzeit noch zu früh. Eigentlich war es auch für Weisswein noch zu früh, aber Kaffee oder Tee hatte niemand gewollt, obwohl sie zweimal nachgefragt hatte.

Irma trug das Tablett ins Wohnzimmer, und für einen Augenblick hatte sie das Gefühl, ein Bild zu sehen, das sie später malen würde. Ein Bild im Stil der Impressionisten, die oft versucht hatten, eine ganze Gruppe von Menschen mitsamt ihrem Beziehungsgeflecht während eines kurzen, flüchtigen Augenblicks einzufangen. Sie sah Daniel, der mit Dina am Esstisch sass, über Papiere gebeugt, auf die das Herbstlicht, das durch die Föhre drang, ein flirrendes Muster warf. Viorel, der mit leicht vorgeneigtem Kopf auf dem Sofa sass, so als würde er verstehen, was die beiden miteinander sprachen. Der schlafende Florim, gegen eines der schwarzen Sofakissen gelehnt, ein Speichelfaden, der aus seinem geöffneten Mund rann. Erich, zusammengesunken in Renés Lieblingssessel am Fenster, die Hände um ein weisses Taschentuch geklammert.

Daniels Bitte nachzukommen, sich hier im Haus mit allen zu treffen, erschien Irma plötzlich ganz selbstverständlich, und sie konnte nicht mehr verstehen, warum sie sich gegen seinen Vorschlag anfangs so vehement gewehrt hatte.

Sie stellte das Tablett auf dem Salontisch vor Viorel ab, und Arsenie eilte herbei, um die Gläser mit Wasser zu füllen und sie zu verteilen. Ein Glas blieb stehen. Irma trug es zurück in die Küche, leerte es aus und stellte es in die Spülmaschine. Sarah hatte ihre Teilnahme an diesem Treffen im letzten Augenblick wieder abgesagt.

Irma nahm die zwei letzten Suppenteller mit Apérogebäck, ging zurück ins Wohnzimmer und stellte den einen neben Dina und Daniel, den andern auf den kleinen Glastisch neben Erich. Sanft tippte sie an seine Schulter und forderte ihn auf, etwas zu essen. Als sie Erich im Altersheim abgeholt hatten, war Irma erschrocken: Er schien um Jahrzehnte gealtert, seit sie ihn vor drei Jahren zuletzt gesehen hatte, und sie fragte sich, warum man ihm die Nachricht vom Tod seines Sohnes nicht erspart hatte. Während Daniel ihm half, seine Schuhe und den Mantel anzuziehen, weinte er unablässig, Tränen und Rotz rannen über seine Wangen und sein Kinn. Irma bedeutete Daniel mit Zeichen, Erich doch besser hierzulassen. Aber als sie die Prozedur abbrechen und ihn davon überzeugen wollten, im Heim zu bleiben, wehrte er sich energisch.

Irma beschloss, selbst nach dem Holunderblütensirup und dem Weisswein zu suchen. Daniel hatte Wichtigeres zu tun. Sie war froh, dass er so gefasst war und die ganze Organisation von Renés Beerdigung in die Hand nahm.

Die Kühle des Kellers tat ihr gut. Der erdige Geruch, der von den Wänden ausging. Sie stieg Stufe um Stufe die Treppe hinunter. Sie war kein einziges Mal mehr in diesem Keller gewesen, seit René ausgezogen war. Der Keller war sein Reich gewesen – so wie der Garten das ihre. Wenn Handwerker gekommen waren, um den Gaszähler abzulesen oder an der Heizung irgendwelche Reparaturen vorzunehmen, hatte sie gesagt: Sie werden schon finden, was Sie suchen. Und tatsächlich hatte nie jemand nach ihr gerufen.

René hatte Stunden hier unten zugebracht. Der Keller war sein grosses Hobby gewesen. Er hatte ihn immer wieder umbauen und vergrössern lassen, bis auch Teile des Gartens unterkellert gewesen waren.

Irma war erstaunt, wie sauber und aufgeräumt alles noch immer war. Die Bordeaux-Weine lagen in Reih und Glied in den Regalen, nur mit einer dünnen Staubschicht bedeckt. An den Gestellen waren Buchstaben und Nummern angebracht. Irma wusste, dass hier eine ausgeklügelte Ordnung herrschte, aber sie konnte sich an das System nicht mehr erinnern. René hatte die Temperatur und die Feuchtigkeit überwacht und eine Art Kellertagebuch geführt, in dem er die Qualität der degustierten Weine aufzeichnete und ihre Vorgeschichte beschrieb. Notizen zum Anbaugebiet, zur Traubensorte oder zum Château, wo er den Wein erworben hatte. In diesem Buch mussten auch die Buchstaben und Nummern und ihre Bedeutung aufgeführt sein.

Irma setzte sich an einen der schweren Holztische, der in einer Nische stand. Sie spürte die Kälte, die von der Sitzfläche ausging. *Quiconque boit du vin vieux n'en désire pas du nouveau, car il dit: Le vieux est meilleur.* Sie las den Bibelspruch, der in alter Schrift über dem Tisch an die Wand gemalt worden war, noch einmal. Hier waren früher Trinkfeste gefeiert worden. Feste unter Männern, an denen sie nie teilgenommen hatte. Feste mit Studienkollegen von René oder Freunden aus dem Sportverein. Der Weinkeller war bei diesen Gelegenheiten in eine Art mittelalterliches Gewölbe verwandelt und nur mit Fackeln beleuchtet worden. Russspuren, die bis zur Decke reichten, zeugten davon.

Irma musste an das Meerschweinchen denken, das dort über ihr in der Erde lag. Heute früh hatte sie das Stalltürchen geöffnet, es auf einen Spaten gehoben und herausgenommen. Vorsichtig trug sie es über den Rasen zur Föhre hinüber und legte es in das vorbereitete Loch. Es war nur noch ein Skelett, an dem einzelne Fellfetzen klebten und schwarze, vertrocknete Reste von Blut. Die Zunge zwischen seinen aufgerissenen Nagezähnen war verschwunden, auch das eine Auge, das sie so starr angeblickt hatte. Mit der ausgehobenen Erde deckte sie es zu und markierte sein Grab mit einem hellen Stein.

Sorgfältig säuberte sie den Spaten und stellte ihn wieder in den Geräteschuppen, überquerte den Rasen, auf dem nur noch vereinzelte gelbe Birkenblätter lagen, und ging zurück zum Gehege des Meerschweinchens. Sie öffnete einen grossen Müllsack und warf alle seine Sachen weg. Die beiden Plastikschalen mit dem schimmligen Mist. Seinen Fressnapf, die beiden Wassertränken, die Säcke mit Stroh und Heu, die unter dem Dach des Stalles lagen; selbst das Einweckglas, in dem seine Körner aufbewahrt worden waren. Nur den Stall und das Gehege liess sie stehen. Sie waren zu gross und zu schwer, um einfach so entsorgt zu werden. Sarah würde sich darum kümmern müssen, wenn sie das nächste Mal zu Besuch kam.

Irma gab sich einen Ruck und stand auf. Wahllos zog sie eine Flasche Bordeaux aus einem der Regale, wischte den Staub weg und las die Etikette. Es war eine gute, wertvolle Flasche. Ein Château Lafleur 1978.

Langsam stieg sie die Treppe hoch, löschte oben das Licht und ging zurück ins Wohnzimmer.

Happy Halloween

»Happy Halloween, happy Halloween«, hörte Melissa eine laute Stimme rufen, als sie mit ihren Kindern vor der Haustür von Sam und Lucy stand. Durch den Vorhang ihrer Perückenhaare, die ein Luftzug durcheinanderwirbelte, sah sie Sam nur undeutlich, aber sie hatte das ungute Gefühl, dass er gar nicht verkleidet war. Vielleicht hätte man an die Party doch nur etwas ›Verkleidetes‹ mitbringen sollen, statt sich selbst zu verkleiden. Eine weisse Gespenstertorte oder grüne Hähnchenkeulen in roter Blutsauce oder eine Spinne aus Würsten. Sachen, die sie in einem Kochbuch gesehen hatte.

Sam nahm Melissa das Backblech mit den Napfkuchen ab, das sie mit beiden Händen umklammert hielt, und fragte langsam: »Where is Bernd?« Melissa nickte. Sie wusste, dass das Nicken falsch war, aber das englische Wort für ›Büro‹ fiel ihr einfach nicht ein, nur das Wort ›room‹ erschien in ihrem Kopf. Aber ›room‹ passte nicht. Auch Wörter wie ›today‹, ›good evening‹

und ›weekly‹ waren unbrauchbar. Hilfesuchend sah sie sich nach ihren Kindern um. Aber Simon, Aline und Lina waren bereits im Haus verschwunden.

Melissa starrte Sam an, der ihr freundlich zulächelte. »He comes later«, brach es plötzlich aus ihr heraus, und der Satz erschien ihr wie ein kleines Wunder. Er passte und war vollkommen makellos.

Sam nickte und ging mit den Napfkuchen ins Haus. Er hatte verstanden.

Melissa rückte ihre Perücke zurecht und strich sich die langen Kunsthaare aus dem Gesicht.

Als Sam zurückkam, sah sie, dass er tatsächlich nur Jeans und ein T-Shirt trug. So war er immer gekleidet. Er hatte nicht einmal seine Haare mit Gel frisiert, wie am Morgen, wenn sie ihn von ihrem Küchenfenster aus zur Arbeit fahren sah. Er führte Melissa ins Wohnzimmer, das voller Menschen war, und erleichtert stellte sie fest, dass doch die meisten Gäste verkleidet waren: Hexen, Zombies und ein Dracula waren versammelt, und in einer Ecke stand ein Henker, der ein schwarzes Tuch über seinem Kopf trug. Auch Susan, die sich angeregt mit einer orange- und einer grünhaarigen Hexe unterhielt, war verkleidet. In ihren hochgebundenen Haaren steckte eine amerikanische Flagge, und ihr Gesicht war mit roter, blauer und weisser Farbe bemalt. Rund um ihren fülligen Körper hatte sie eine karierte Tischdecke geschlungen, behängt mit Topflappen, Schwingbesen, Kochlöffeln und anderen Küchenutensilien. Susan sah aus wie die Juxversion einer Miss America oder der Freiheitsstatue.

Sam und Lucy hatten die Stühle und die beiden Sofas an die Wände gerückt und in der Mitte ihres Wohnzimmers einen langen Tisch aufgestellt, auf dem alle möglichen Esswaren aufgetürmt waren: bunte Sandwiches, Torten, Cupcakes, Salate, Suppen. Und zuoberst thronte ein riesiger Kürbis mit einem aufgerissenen, gezackten Mund.

»Isn't it great?« Lucy deutete auf den Kürbis und packte Melissas Hand. »Sam is getting better, every year! He is an artist!« Lucy trug ein Batikhemd, das ihr fast bis zu den Knien hing, und Melissa überlegte, ob das eine Verkleidung war oder nicht. Normalerweise trug Lucy gebügelte Bluejeans und T-Shirts mit Kragen und Knöpfen, genau wie Sam.

Lucy gab Melissa einen Teller, nickte ihr zu und sagte lächelnd: »Help yourself.« Melissa verstand. Etwas unschlüssig betrachtete sie ein Regiment von grünen Schinkenröllchen und eine Schale, beladen mit halbierten Eiern, auf denen ein Schwung blauer Mayonnaise ragte. Sie entschied sich nach langem Überlegen für ein grünes Schinkenröllchen und ein wenig später für etwas, das wie Karottensalat aussah.

Bei ihrem Rundgang um den Tisch entdeckte sie Aline und Lina in ihren Feenkostümen, die sich Marshmallows auf kleine rosarote Teller häuften, und Simon, der, als Indianer verkleidet, mit einem Kriegsbeil hinter zwei kleinen Piraten herrannte, in denen sie unschwer die beiden übergewichtigen Jungen von Susan erkennen konnte. Melissa wusste, dass sie Glück hatte mit ihren Kindern. Sie liessen sich wie Stecklinge verpflanzen. Egal wo sie waren, sie streckten ihre Wurzeln aus, reckten ihre Köpfe der Sonne entgegen und wuchsen weiter. Sie hatten keine Anpassungsschwierigkeiten wie Kinder anderer Expats, die sich mit den vielen Umzügen und dem Lernen neuer Sprachen oft schwertaten. Man konnte mit ihnen problemlos von einem Land ins andere ziehen. Sie schienen sich selbst zu genügen. Immer wieder gruppierten sie sich auf rätselhafte Weise neu um einen unsichtbaren Kern in ihrer Mitte.

»Oh, Cinderella!«, hörte Melissa eine laute Stimme hinter sich und drehte sich um. Es war Susan. »Come on, Cinderella, sweetie.« Mit ihrer Patschhand klopfte sie neben sich auf das Sofa, und Melissa setzte sich schnell. Sie war froh, dass Susan hier war. Sie war die einzige Person, die sie neben Sam und Lucy kannte. Sie wohnte mit ihrer Familie am hinteren Ende des Mohan Circle in einem der schmalen Townhouses und arbeitete in der Verwaltung der Siedlung. So hatten sie sich auch kennengelernt. Susan war beauftragt worden, ihnen das frei stehende zweistöckige Haus am Rand des Parks zu zeigen, das sie seit vier Monaten bewohnten. Sie hatte ihnen die Klimaanlage erklärt, die Heizung und das Müllentsorgungssystem, und am Schluss der Führung hatte sie sie auf einen Rundgang durchs Quartier mitgenommen, auf dem sie ihnen auch den Spielplatz am Ende des Parks nahe der I-75 gezeigt hatte. Seither trafen sich Susan und Melissa fast jeden Abend auf diesem Spielplatz, und es hatte sich so etwas wie eine Freundschaft zwischen ihnen entwickelt. Während Susan ununterbrochen redete, beaufsichtigten sie die Kinder, die zwischen bunt angemalten Spielgeräten hin und her jagten, sich versteckten und plötzlich wieder von irgendwoher hervorschossen. Dass Melissa kaum etwas sagte, schien Susan nicht zu stören.

Sam kam mit einem Lightbeer in der Hand auf Melissa zu. »Your European food is just incredibly delicious«, sagte er und leckte seine Fingerspitzen. »Very, very delicious.« Melissa nahm lächelnd das Bier entgegen und sagte: »Thank you.« Sie war froh, dass sie wenigstens diesen Satz immer beherrschte.

Sie beobachtete, wie die anderen Gäste das Bier tranken. Es wurde mit einem schnellen Griff geöffnet und direkt aus der Dose getrunken. Das Bier schmeckte süsslich und bitter zugleich und kribbelte auf ihrer Zunge. Als Melissa den Arm wieder senkte, bemerkte sie die Russspuren auf ihrem Handrücken, die Simon mit einem Stück Grillkohle gemalt hatte. Ihre Aschenputtelverkleidung war viel zu übertrieben. Ausser Susan, ihr und den Kindern trugen alle Gäste nur vorgefertigte Kostüme aus dem Supermarkt. Sie bestanden im Wesentlichen aus Plastiknasen und Brillen, die man leicht abnehmen und in der Handtasche verstauen konnte, wenn man sie nicht mehr brauchte. Melissa konnte ihre Verkleidung nicht einfach abstreifen.

»Go ahead«, rief Susan, stupste Melissa an und hielt ihr einen ausgehöhlten Kürbis, der mit Fleischbällchen gefüllt war, unter die Nase. Dann griff sie selbst hinein und stopfte gleich drei auf einmal in ihren Mund. Laut schmatzend redete sie auf Melissa ein und gestikulierte dabei unentwegt mit ihren fettigen Fingern. Melissa verstand einzig das Wort ›baby‹.

Bestimmt sprach Susan wieder vom Baby aus der Trailerhome-Siedlung, das von seinen Eltern zu Tode gequält worden war. Seit Tagen war es Thema Nummer eins der lokalen Medien und der ganzen Nachbarschaft.

Plötzlich verstummte Susan und begann vor Aufregung mit ihren Füssen zu zappeln, die wie bei einem Kind den Boden nicht richtig berührten. Sie kniff Melissa in den Arm, und als diese ihrem Blick folgte, sah sie, dass der Henker eben im Begriff war, sein schwarzes Tuch langsam zu heben. Er rollte den Stoff vorsichtig hoch, hielt inne, und einen Moment später erschien sein verschwitzter Kopf, an dem helmartig blonde Haare klebten. Susan klatschte vor Begeisterung in die Hände, und der Henker schaute etwas verlegen in die Runde, die ihn staunend begrüsste. Auch Melissa erkannte ihn jetzt. Er war der Nachbar, der ganz am Anfang des Mohan Circle in einem der kleinen beigen Reihenhäuschen wohnte. Jeden Abend, wenn sie mit den Kindern vom Spielplatz an ihm vorbei nach Hause ging, stand er auf seiner Terrasse und briet sich ein Steak auf einem riesigen schwarzen Gasgrill. Und als wäre die Enthüllung des Henkers ein Zeichen gewesen, nahmen nun auch die Hexen ihre warzigen Plastikgesichter ab, und die beiden Zombies und der

Dracula legten ihre Plastikgebisse auf den gläsernen Salontisch in ihrer Mitte, auf dem sie jetzt einträchtig einen Kreis bildeten. In der grünhaarigen Hexe erkannte Melissa die Frau, die ihre Kinder jeden Morgen mit einer Kaffeetasse in der Hand zum Schulbusstopp brachte. Die orangehaarige Hexe, den Dracula und die Zombies hatte sie noch nie gesehen. Vielleicht wohnten sie gar nicht in der Nachbarschaft.

Melissa beobachtete, wie die Katze von Sam und Lucy unter dem Glastisch sass und zu den drei Gebissen hochsah. Das Licht der elektrischen Kerzen, die auf dem Tisch standen, leuchtete in ihren gelben Augen, und ihr langes weisses Fell schimmerte glänzend. Melissa kannte die Katze gut. Sie wurde von Sam und Lucy jeden Abend an einer langen blauen Leine im Garten spazieren geführt. Wenn die Katze sich an einen Vogel anschlich, zogen sie energisch an der Leine, packten sie und hoben sie blitzschnell in die Luft.

Die Katze sei ihr ›Adoptivkind‹, hatten sie lächelnd zu Melissa und Bernd gesagt, als diese sich nach ihrem Einzug bei ihnen vorstellten. Und in allen Details erklärten sie, dass Sam keine Kinder bekommen könne, weil er als junger Mann Hodenkrebs gehabt habe, und dass bei Lucy etwas mit den Eierstöcken nicht in Ordnung sei. Sie hätten es mit allen möglichen Methoden versucht. Aber leider habe bisher nichts geklappt, fügte Sam nach einer Pause hinzu, und Lucy zerzauste ruppig das weisse Fell der Katze auf ihrem Arm.

Melissa beobachtete die Katze seither oft. Tagsüber, wenn Sam und Lucy arbeiteten, hockte sie stundenlang am Küchenfenster und starrte zu Melissa hinüber, die im Wohnzimmer DVDs schaute und bügelte. Oder sie sass hinter der Schiebetür, die hinaus in den Garten führte, und beobachtete die Vögel, die von dem Futter pickten, das Sam und Lucy jeden Tag in die verschiedenen, an Bäumen aufgehängten Futterstellen verteilten. An den Wochenenden wurde die Katze in einem Motorhome in den nahe gelegenen Nationalpark gefahren. Sam und Lucy hatten es extra für die Katze gekauft, damit sie sich immer zu Hause fühle, wie sie sagten. Es stand etwas weiter vorn an der grossen Strasse auf einem Parkplatz, und am Freitagabend fuhr Sam es in einer langen Prozedur vor das Haus, und Lucy brachte Tupperwaredosen, gefüllt mit vorgekochtem Essen, die sie dann gemeinsam im Innern des Wagens verstauten. Zum Schluss holten sie die Katze an ihrer langen blauen Leine aus dem Haus, und Melissa sah, wie sie mit majestätischen Schritten die kleine Treppe hochstieg und in der Tür verschwand.

»Baby.« Susans Stimme drang an Melissas Ohr. »Baby, baby, baby.« Susan schrie beinahe, und beim Sprechen klopfte sie auf ihre dicken Oberschenkel oder stupste mit ihrem Ellenbogen gegen Melissa. Sicherlich ging es wieder um all die Grausamkeiten, die das Baby von seinen Eltern hatte ertragen müssen: wie sie es schüttelten, bis es Hirnschädigungen erlitt, wie sie es mit einem Kissen beinahe erstickten, wie sie heissen Kaffee über seine Beine gossen und ihre Zigaretten auf seinen Armen ausdrückten. Bernd hatte Melissa all die Artikel übersetzt, die in der Lokalzeitung über den Tod des Babys erschienen waren, und sie hatte sie in ihrem Fach in der Küche gesammelt und mit Hilfe des Wörterbuchs nochmals selbst gelesen.

Das Baby war klein und dunkelhaarig und trug auf den abgedruckten Fotos einen weissen Verband um den Kopf, der wie ein Stirnband aussah. Seine Augen waren verquollen und halb geschlossen. Es schielte ein bisschen und sah leicht debil aus. Auch der Vater wirkte leicht debil. Er war genauso dunkelhaarig und breitgesichtig wie das Baby. Er war erst siebzehn, wie die Mutter, und hiess Clarence Ray Porter. Er hatte das Baby zwei Tage vor dessen Tod zum Krankenhaus gefahren und war danach ins Gefängnis gebracht worden. Die Mutter hiess Diane Lou Kelley und war nach der Inhaftierung des Vaters untergetaucht. Wohl deshalb wurde von ihr immer nur dasselbe Bild abgedruckt, auf dem man ihre Gesichtszüge nicht richtig erkennen konnte. Man sah bloss, dass sie streng nach hinten gekämmtes braunes Haar hatte und zwischen ihren Vorderzähnen eine grosse Lücke klaffte, so als hätte man ihr die Zähne ausgeschlagen. Die Bilder des Babys und auch die seiner Eltern waren an einer Demonstration auf riesigen Plakaten durch die Einkaufspassage der Innenstadt getragen worden, und die Zahnlücke der Mutter hatte den schwarzen Mittelpunkt einer Zielscheibe gebildet, die auf ihr Gesicht gemalt worden war.

Sam klatschte in die Hände und forderte die Aufmerksamkeit aller Gäste. Dann erklärte er irgendetwas. Beim Sprechen stopfte er mit der einen Hand fortwährend sein T-Shirt in die Hose, während er mit der andern einen kleinen Stapel gelber Karten in die Höhe hielt. Nach Beendigung seiner Rede lächelte er, machte ein paar seltsame Bewegungen und schaute erwartungsvoll in die Runde. Susan versuchte Melissa zu erklären, was Sam gesagt hatte. Sie sprach langsam und benutzte die Hände, um ihren Worten

Nachdruck zu verleihen. Melissa verstand endlich: Sam hatte ein Spiel erklärt, bei dem man irgendetwas darstellen musste, was die andern erraten sollten. Die gesuchten Begriffe standen auf den Karten in seiner Hand.

Melissa musste an Lucy denken und an ihre Begegnungen in der Trailerhome-Siedlung. Sie fragte sich, ob Sam von ihnen wusste. Während ihre Kinder in der Schule gewesen waren, war Melissa mehrmals zu der Siedlung spaziert, in der die Eltern des Babys gewohnt hatten. Sie lag nicht weit entfernt hinter dem Spielplatz auf der andern Seite der I-75. Melissa hatte die Schnellstrasse überquert und war verstohlen zwischen den improvisierten kleinen Häusern und Gärten herumgegangen, in denen verwitterte, alte Tische und verrostete Grills herumstanden. Vor einigen Eingangstüren steckten Plastikblumen in der Erde und täuschten so etwas wie Blumenbeete vor. In die Behausungen konnte Melissa nicht sehen. Die Fenster waren zu hoch oben und meist mit Vorhängen bespannt. Bei ihren Besuchen war Melissa zweimal Lucy begegnet. Aber sie hatten nicht miteinander gesprochen. Sie hatten sich nur zugenickt – wie zwei Verbündete.

Susan zappelte aufgeregt mit ihren Beinen, als Sam ihr auffordernd den Kartenfächer hinhielt. »Go ahead«, sagte er laut, und Susan streckte ihre Hand nach den Karten aus. Aber dann zog sie sie plötzlich wieder zurück, kicherte und warf den Kopf nach hinten ins Sofapolster. Sie wollte doch keine Karte ziehen.

Endlich machte einer der Zombies den Anfang. Er griff in den Fächer, zog eine Karte, las sie mit gerunzelter Stirn, hielt einen Moment inne, erhob sich und ging in militärischer Haltung, aber mit leichten Entenfüssen, auf und ab. Den einen Arm in die Seite gestützt, den andern schräg in die Luft gereckt. Melissa hatte plötzlich das Gefühl, den Zombie doch zu kennen. Er sah dem Mann sehr ähnlich, den sie oft draussen auf seinem Balkon rauchen sah, wenn sie mit den Kindern zum Spielplatz ging. Neben dem Mann hockte am Balkongeländer angekettet immer ein Papagei, der ständig von einem Bein auf das andere wechselte, und mehr als einmal hatte Simon beim Vorbeigehen auf Deutsch laut ›Tierquäler‹ zu ihm gerufen.

»Hitler«, schrie die grünhaarige Hexe mit der seltsam weichen Aussprache der Amerikaner. »Hitler«, schrie auch Susan eine Sekunde später und boxte Melissa in die Seite. Aber die Hexe war schneller gewesen.

Sie hatte als Erste das richtige Wort erraten, und jetzt war sie dran.

Sam gab ihr eine gelbe Karte. Verlegen stand sie einen Moment in der Mitte des Raumes, bevor sie sich blitzschnell zur Wand drehte, um dann unvermittelt den Kopf zum Publikum zu wenden, beide Vorderzähne über der Unterlippe eingehakt.

»Peter Rabbit«, rief jemand. »Winnie-the-Pooh«, jemand anders. Der Dracula schrie: »Bugs Bunny«, und Susan rutschte vor Lachen fast vom Sofa herunter. »George Washington«, rief der Henker, und das war offenbar das richtige Wort gewesen.

Bei Sam zog er eine gelbe Karte. Lange starrte er sie an. Dann schüttelte er den Kopf und zuckte mit den Schultern. »Go on!«, schrie Susan. »Go on!« Der Henker sah verlegen in die Runde, aber dann holte er, einem schnellen Entschluss folgend, seine schwarze Kapuze wieder unter dem Stuhl hervor, zog sie über den Kopf und baute sich breitschultrig neben seinem leeren Stuhl auf. Dann nahm er sie wieder ab, warf sie auf den Boden und setzte sich. Er streckte seine Arme waagrecht nach vorn und machte ein angstverzerrtes Gesicht. Jetzt zuckte sein Körper ein paar Mal heftig, wie von Stromstössen durchfahren, und Sekunden später fiel er wie ein Sack in sich zusammen. Sein

Kopf hing schlaff vor seiner Brust. So verharrte er eine Weile. Dann öffnete er langsam die Lider und schaute mit seinen blauen Augen strahlend ins Publikum.

»Stanley Williams«, schrie der Dracula. »Clark O'Bryan«, der Zombie. »Chessman«, rief die orangehaarige Hexe. Aber Sam schüttelte jedes Mal den Kopf.

Plötzlich schrie Susan ganz laut: »Clarence Ray Porter!«, lachte glucksend, und die ganze Partygesellschaft fiel in ihr Lachen ein und applaudierte begeistert.

Sam versuchte vergeblich, der Runde zu erklären, dass es nicht der richtige Name gewesen war. Er wurde niedergeschrien. Stürmisch klatschten die Gäste in die Hände, und Susan stand auf, verbeugte sich, schaute auf ins Publikum, und ihr Flaggengesicht verzog sich zu einem siegreichen Grinsen. Auf Zehenspitzen tänzelnd, drehte sie eine Runde, das karierte Tischtuch grazil hochhaltend, und zog die nächste Karte aus Sams Händen. Widerstandslos überliess er sie ihr.

Melissa war müde vom Lärm und vom vielen Gerede in einer Sprache, die sie kaum verstand. Sie nickte ein, und in einer kurzen Traumsequenz sah sie die Mutter des Babys auf einem Bahndamm stehen, einen altmodischen blauen Kinderwagen an seinem Griff festhaltend. Der Verband des Babys war weg, und seine dunklen Haare standen zerzaust in alle Richtungen von seinem Kopf ab. Seine Wangen waren gerötet, und als der schrille Pfiff eines herannahenden Zuges ertönte, begann es zu weinen, und vier kleine weisse Zähne blitzten in seinem Mund auf. Die Mutter liess den Wagen los, und langsam, wie in Zeitlupe, fuhr er den Bahndamm hinunter und kippte unten um. Das Baby flog im hohen Bogen durch die Luft und schlug auf dem mit stachligem Gras bewachsenen Boden auf. Sein Kopf blutete, und Melissa spürte, wie etwas Feuchtes über ihr Gesicht rann. Sie blickte hoch. Aber sie konnte niemanden sehen, nur einen abgetrennten Fuss, der in einem weissen Turnschuh steckte. Erschrocken riss sie die Augen auf und starrte in Susans besorgtes Gesicht. »Are you okay?«, hörte sie sie fragen. »Are you okay, Cinderella?«, fragte Susan noch einmal und stupste Melissa in die Seite.

Als Bernd klingelte, war die Party beinahe zu Ende. Susan erhob ihren schweren Körper vom Sofa und schüttelte die Essensreste, die in ihrem Tuch hängengeblieben waren, einfach auf den Boden. Die beiden Zombies und der Dracula suchten nach ihren Gebissen, die die Katze längst vom Tisch gefegt hatte, und die zwei Hexen sammelten auf einem Tablett schmutzige Gläser und Teller ein.

Bernd trat ein, noch immer im Geschäftsanzug und mit umgebundener Krawatte. Er nickte den Gästen zu, küsste Melissa auf ihre russige Stirn und liess sich auf den frei gewordenen Platz neben ihr auf dem Sofa fallen. Er sah erschöpft aus, und Susan hielt ihm sofort ihren Kürbis mit den übrig gebliebenen Fleischbällchen hin und forderte ihn auf, etwas zu essen. Aber Bernd schüttelte den Kopf.

Sam brachte ihm ein Bier, und er trank es in einem Zug leer. Dann lehnte er seinen Kopf an Melissas Schulter und sagte leise: »Die I-75 war gesperrt. Polizei. Grossaufgebot. Sie haben die Mutter des Babys gefunden. Auf dem Spielplatz. Sie muss sich seit Tagen in unserer Nachbarschaft versteckt gehalten haben. Jemand muss sie mit Nahrungsmitteln und Decken versorgt haben.«

Nach Moskau

Der Kleine atmete langsam und regelmässig. Ab und zu seufzte er im Schlaf. Seine Nasenflügel bebten, und ein Zittern ging durch seinen Körper. Anja strich mit zwei Fingern vorsichtig über seine Stirn. Sie war noch immer ein bisschen ölig. Der Kleine hatte Bauchkrämpfe gehabt und lange geschrien, nachdem Isabel weggegangen war, und irgendwann hatte sie ihn auf den Wickeltisch gelegt, nackt ausgezogen und mit Massageöl eingerieben. Isabel hatte ihr den Trick verraten für den Notfall, und Anja war erstaunt, wie schnell er wirkte. Jetzt lag der Kleine ganz ruhig auf ihrem Bauch, die Beine und Arme von sich gestreckt, sogar die winzigen Finger offen. Vorsichtig versuchte sie, nach ihrem Lehrbuch und den Karteikarten zu angeln. Aber sie spürte, wie er zusammenzuckte, als sie ihren Arm ausstreckte. So liess sie es bleiben und lag einfach da. Sie musste an Taalai denken und an seinen Kopf auf ihrem Bauch. Eine Sehnsucht stieg in ihr hoch, und beinahe schmerzhaft erinnerte sie sich an Moskau und an ihren Besuch bei Isabel vor rund einem Jahr.

Isabel war damals in Moskau Assistentin eines deutschen Kunsthändlers gewesen. Ihr erster Job, nachdem sie ihr Kunstgeschichtsstudium in Rom beendet hatte.

Die Arbeit in einer Reihe namhafter Galerien auf der ganzen Welt hätte auf sie gewartet, vermittelt und arrangiert durch ihren Vater, einen Schweizer Diplomaten. Aber Isabel hatte seine Hilfe abgelehnt, sie hatte nicht gewollt, dass sich ihre Eltern weiter in ihr Leben einmischten, und verwies sie selbstbewusst auf den Platz, der ihnen gebührte: am Rande.

Die Suche nach einer Stelle erwies sich aber als schwieriger, als sie gedacht hatte. Und nach sechsmonatigem beschäftigungslosem Rumhocken in ihrer Römer Wohnung, die ihre Eltern ihr für die Studienzeit gekauft hatten, nahm Isabel die einzige Stelle an, die ihr überhaupt angeboten wurde: die Stelle bei dem deutschen Kunsthändler, für den sie die junge russische Kunstszene ausloten sollte.

Anja erfuhr von Isabels Umzug in einem langen, enthusiastischen Brief, der mit den Sätzen endete: *Bitte, besuch mich! Moskau ist wunderbar!* Aber für Anja war an einen Besuch vorerst nicht zu denken. Ihr Medizinstudium hielt sie in einer Art Zwangsjacke fest. Es gab so viel zu lernen. Jeder Tag musste minutiös organisiert und eingeteilt werden. Frühstücken, lernen, Mittagspause, lernen, Abendessen, lernen, schlafen. Und so schrieb sie zurück, dass ein Besuch erst nach bestandenem Staatsexamen für sie in Frage komme, wenn ihr Leben wieder etwas mehr Freiheiten zulasse.

Aber auch nach bestandenem Staatsexamen schien Anja die Zeit noch nicht reif für die Reise zu sein. Jetzt ging es darum, sich als Assistenzärztin zu bewähren – und ohne Rolf, ihren Freund, ebenfalls Assistenzarzt am Universitätsspital Zürich, wäre Anja noch lange nicht nach Moskau gereist. An einem ihrer wenigen gemeinsamen Abende hatte er für sie beide eine Kanne Tee zubereitet, sich neben Anja ins Wohnzimmer gesetzt und ohne Umschweife gesagt: Ich finde, wir sollten endlich einmal über Familiengründung sprechen. Und in einer langen, umständlichen Rede führte er Anja vor Augen, wie schwierig es für sie beide würde, wenn sie mit der Kinderzeugung noch weiter zuwarteten. Da sei zum einen Anjas biologische Uhr, die es zu berücksichtigen gelte, aber auch seine Karriereabsichten, die es ihm unmöglich machten, nach seiner Assistenzarztzeit sein Pensum noch einmal zu reduzieren.

Und dass sie sich die Verantwortung für ihr gemeinsames Kind teilen wollten, sei ja wohl klar.

Anja war überrascht über seine deutlichen Worte, stimmte ihm aber endlich zu, weil er unzweifelhaft recht hatte. Und ein Leben ohne Kinder konnte sie sich nicht vorstellen. Doch plötzlich, einer sie selbst überraschenden Eingebung folgend, rief sie: Zuerst will ich aber Isabel in Moskau besuchen!

Anjas Brief, der Isabel von ihrem baldigen Besuch unterrichtete, traf nur wenige Wochen nach dem Brief eines Frankfurter Galeristen in Moskau ein, der mit Isabels Chef schon längere Zeit in Verbindung stand. Er wollte sich die Bilder einiger Künstler ansehen, Kontakte knüpfen und mehrere Einkäufe für einen wichtigen Sammler vorbereiten. Isabel, die bisher nur selten solche Anfragen erhalten hatte und manchmal nicht recht wusste, wofür sie ihr bescheidenes Salär erhielt, war hocherfreut und ging die Aufgabe mit Begeisterung an. Sie stellte für den Kunden ein kleines Programm zusammen und kümmerte sich auch um seine Übernachtung und sein Visum.

Als der Galerist endlich ankam, blieb Isabel praktisch unablässig an seiner Seite. Sie führte ihn zu den Ateliers verschiedener Künstler, begutachtete mit ihm

Dutzende von Bildern, auf denen vornehmlich sozialistische Ideale parodiert wurden und die oft so gross waren, dass sie nur mit den vereinten Kräften von Künstler, Galerist und Assistentin aus den verwinkelten Ecken der Ateliers ans Tageslicht befördert werden konnten.

Isabel übersetzte, verhandelte, rechnete und recherchierte den ganzen Tag. Und obwohl sie meist todmüde war, liess sie sich mit ihrem Kunden abends an alle möglichen Künstlerpartys einladen, die, wie in Russland üblich, mit einem hohen Alkoholkonsum verbunden waren.

Nach einer dieser Partys begleitete sie ihn bis ins Hotel Sowjetskaja am LeningradskiProspekt, das sie für ihn gebucht hatte, und liess sich von ihm auf einen Drink an der Hotelbar einladen und später auf einen weiteren oben auf seinem Zimmer.

Warum sie das alles getan hatte, war Isabel später selbst ein Rätsel, denn der Galerist war weder besonders gutaussehend noch ein interessanter Gesprächspartner. Er war nicht einmal ein raffinierter Verführer. Kaum war der Kellner, der den Drink aufs Zimmer gebracht hatte, verschwunden, fuhr er ihr unters T-Shirt und begann ohne Umschweife, ihren Büstenhalter zu öffnen.

Als Isabel am nächsten Morgen ziemlich übernächtigt in ihre Wohnung zurückfuhr, glaubte sie zu träumen, ein Eindruck, der sich noch verstärkte, als sie in ihrer Post Anjas Brief mit der vertrauten Handschrift vorfand und darin las, dass ihre Freundin bereits in vier Wochen in Moskau ankommen werde. Sie griff sich an den Kopf, aber der Satz *Ich brauch mal wieder ultimativ einen Tapetenwechsel,* der ganz am Schluss des Briefes stand, liess an dessen Echtheit keinen Zweifel. Das war Anja pur! Ihre Ausdrucksweise in Reinkultur. Wie oft hatte Anja diese Art von Sätzen nächtens auf der Dachterrasse jenes hochalpinen Schweizer Ausbildungsinstituts, in dem sie beide ihre Jugend verbracht hatten, von sich gegeben. Isabel als Diplomatentochter und Anja als ältestes Kind des Internatsleiterehepaars.

Anja arbeitete bis kurz vor ihrem Abflug. Danach fuhr sie nach Hause, duschte und versuchte die Müdigkeit einer 18-Stunden-Assistenzärztinnen-Schicht von sich abzuwaschen. Im Flugzeug schlief sie sofort ein, und als sie von Isabel auf dem Moskauer Flughafen Scheremetjewo abgeholt wurde, erkannte sie ihre alte Freundin zuerst kaum, so schwer hingen ihre Augenlider nach unten. Verstört stammelte sie immer und immer wieder: »Isabel, bist du's? Isabel?« Und als ihre Freundin mit Tränen in den Augen nickte, legte sie ihren Kopf wie einen schweren Klotz auf ihre Schulter. Die Hektik und der ganze Druck der letzten Wochen fielen plötzlich von ihr ab, und Anja kam sich wie ein riesiges Ozeanschiff vor, das nach einer stürmischen Atlantiküberquerung in einem sicheren Hafen angelangt war.

Auf der Taxifahrt vom Flughafen in die Stadt schlief sie an der Schulter ihrer Freundin hemmungslos weiter, und erst als sie in Isabels Wohnung ankamen, war sie überhaupt fähig, irgendetwas von ihrer Umgebung wahrzunehmen. Schlaftrunken und leicht verwirrt stellte sie fest, dass die kleine Zweizimmerwohnung bis fast zur Decke mit Tischen, Stühlen, Kommoden und Schränken angefüllt war.

Während Anja sich im Bad frisch machte, stellte Isabel Kaviar und Salzgurken auf einen der drei Tische, die in der Küche standen, und öffnete einen Sekt.

Als ihre Freundin wieder erschien, hatte sie bereits zwei Gläser gefüllt und rief: »Auf deinen Besuch!«, und drückte Anja ein Glas in die Hand. Anja lächelte, prostete ihr zu, umarmte sie und flüsterte ihr ins Ohr: »Auf uns!«

Mit ihren Gläsern quetschten sie sich zwischen den Tischen hindurch und setzten sich auf eines der beiden Sofas, die ebenfalls viel Platz in der Küche beanspruchten. Während sie vom reichlich vorhandenen Kaviar und von den Salzgurken assen, versuchten sie, den doch beträchtlich gewordenen Graben zwischen ihren beiden Leben wieder aufzufüllen. Aber was in einem Menschenleben tatsächlich passiert, lässt sich nicht so leicht und schnell nacherzählen. Und so blieb ihr Gespräch eher oberflächlich.

Isabel fragte nach Rolf und nach Zürich, wo sie nach der Matura ein Jahr lang miteinander Kunstgeschichte studiert hatten, und nach ein paar ihrer gemeinsamen Bekannten. Anja fragte ihrerseits zuerst Berufliches ab, bevor sie sich vorsichtig nach Sinn und Zweck der vielen herumstehenden Möbel erkundigte. Isabel zwinkerte ihr verschmitzt zu, erklärte dann aber sehr sachlich, dass sie alle aus ehemaligen Sowjetkombinaten stammten. Sie sammle sie und lasse sie ab und zu mit einem Transporter via Prag nach Westeuropa spedieren, wo sie an Designergeschäfte verkauft würden. Die Möbel hätten nach der Wende Seltenheitswert, fügte sie hinzu. Und: Sie verdiene damit mehr als mit ihrer Anstellung beim Kunsthändler, von dessen minimalem Gehalt man kaum leben könne. Anja nickte, fragte sich insgeheim aber trotzdem, warum ihre stilbewusste Freundin, die sich einst für ihre gemeinsame Zürcher Studentinnenwohnung von ihren Eltern Designermöbel hatte schenken lassen, ihre Wohnung in ein sozialistisches Möbellager verwandelte. Und sie nahm sich vor, dieses Geheimnis während ihres Moskauer Aufenthaltes zu lüften.

Nachdem Anja auf einem der beiden Sofas eingeschlafen war und entspannte Pfeifgeräusche von sich gab, räumte Isabel den Kaviar, den Sekt und die Salzgurken weg und versuchte durch langes Lüften die Temperatur in der von einer städtischen Zentrale aus geheizten Wohnung auf ein einigermassen erträgliches Mass zu senken. Bald aber legte sie sich selbst in eines der beiden Doppelbetten, die in ihrem Schlafzimmer standen, von einer ihr unerklärlichen Müdigkeit befallen.

Isabel träumte von einer kleinen schwarzen Maus, die im Begriff war, sich in ein Erdloch einzubuddeln. Geschickt grub sie sich mit ihren Vorderpfoten voran und warf den abgegrabenen Dreck mit ihren Hinterpfoten aus dem Loch. Sie kam gut voran. Ab und zu drehte sie sich um und kroch aus dem Loch, um sich voller Stolz den aufgetürmten Dreck anzusehen.

Beim Aufwachen spürte Isabel immer noch dieses grossartige Gefühl in sich, etwas Ausserordentliches geleistet zu haben; sie konnte sich nur nicht mehr daran erinnern, was dieses Ausserordentliche gewesen war. Erst als sie am nächsten Morgen mit Anja beim Frühstück sass und ihre Freundin sie sehr sachlich, wie eine Ärztin eben, von ihrem Vorhaben unterrichtete, mit Rolf zusammen ein Kind zu zeugen, ahnte sie, was dieses Ausserordentliche möglicherweise war, von dem sie geträumt hatte.

Nachdem Isabel zur Arbeit gegangen war, brachte sich Anja in einem grossen Kraftakt die kyrillische Schrift bei. Dann zog sie, ausgerüstet mit einem Stadtplan, los, um sich Moskau anzusehen. Den Plan hatte sie von einem ihrer Patienten geschenkt bekommen, einem der vielen russischen Neureichen, die sich nach der Perestroika im Westen behandeln liessen, und für einen kurzen Moment musste sie beim Verlassen des Hauses noch einmal an sein Karzinom denken, das sich – trotz Einsatz teuerster Therapien – nicht erfolgreich hatte behandeln lassen.

Draussen war es bitterkalt, und die Gehsteige waren vereist und gefährlich. Nur mit langsamen, breiten Schritten konnte man sich sicher vorwärtsbewegen. Bis Anja diese Gangart beherrschte, war sie dreimal der Länge nach hingefallen und konnte nur mühsam wieder aufstehen. Aber sie gab nicht auf. Früh am Morgen hatte sie den Entschluss gefasst, sich die Basilius-Kathedrale, den Kreml und das Lenin-Mausoleum anzusehen, und bis zum Abend wollte sie diese drei Sehenswürdigkeiten besucht haben. Sie kämpfte sich bis zur Metrostation und liess sich auch von den Menschenmassen, die sich auf den Rolltreppen und Gängen bewegten, und dem Gedränge in der Metro nicht davon abhalten, ins Zentrum der Stadt vorzudringen.

Sie wurde für ihre Mühen belohnt: Die Kathedrale mit ihren fremdartigen Zwiebeldächern war wunderschön, und der Rote Platz davor, der so gross war, dass man die Erdkrümmung zu spüren glaubte, beeindruckte Anja sehr. Gerne hätte sie ein paar Fotos gemacht, um sie später Rolf zeigen zu können, aber in der Hektik des Aufbruchs hatte sie ihre Kamera in Isabels Wohnung liegenlassen.

Statt ihren Chef im Hotel Kempinski zu treffen, wo dieser sich für einige Tage eingemietet hatte, weil er die Kontrolle über gewisse Geschäfte nicht verlieren wollte, meldete sich Isabel bei ihm krank und fuhr zu jener Klinik, in der sie mit Hilfe einer russischen Freundin einen Termin erhalten hatte.

Anders als all die Moskauer Bürgerinnen, die sicherlich schon seit Stunden auf ihren Plastikstühlen ausharrten, durfte Isabel sofort ins Vorzimmer einer der drei Gynäkologinnen treten, die an der Sokolskaja Bolniza praktizierten. Am liebsten hätte sie diese Sonderbehandlung, die sie unangenehm an ihre Herkunft erinnerte, abgelehnt. Aber schon wies sie eine ältere Krankenschwester in einem zerschlissenen Kittel an, sich auf den Untersuchungstisch zu legen und ihren Bauch frei zu machen. Es gab kein Zurück. Die eintretende Gynäkologin steckte ihr Honorar ein und machte sich sofort am Ultraschallgerät zu schaffen. Sie trug ein Gel auf und fuhr mit der Sonde langsam über Isabels Haut. Während der ganzen Prozedur sprach sie kein einziges Wort, und erst als Isabel in Tränen ausbrach, weil sie auf dem Monitor ein schlagendes Herzchen zu sehen glaubte, fragte die Ärztin mit schiefem Blick, ob sie das Kind denn behalten wolle.

Anja machte sich am darauffolgenden Tag nützlich. Sie räumte Isabels Küche auf, wobei sie sich erlaubte, zwei der Küchentische aufeinanderzustapeln, und später ging sie einkaufen. In der nahe gelegenen Kaufhalle machte sie einen ersten Anlauf. Aber als es dort nur verrunzelte Kartoffeln zu kaufen gab und Gläser mit Gurken und eingemachtem Rotkohl, beschloss sie, sich gar nicht erst in der Schlange anzustellen, sondern sich nach einem anderen Geschäft umzusehen. Sie ging vorsichtig, man konnte sie jetzt von den Einheimischen kaum mehr unterscheiden, zur Metro und kaufte dort bei einem der kleinen Tischchen, die warm eingepackte Händlerinnen vor dem Eingang aufgestellt hatten, frischen Quark und ein Pfund Butter. Die Qualität musste gut sein und auch der Preis, denn es hatte sich eine sehr lange Schlange gebildet.

Die Ware in ihrem kleinen Rucksack verstaut, machte sich Anja mit der Metro zur Twerskaja Uliza auf, wo sie bald auf eine grosse Markthalle stiess, in der sie den Rest ihrer Einkäufe tätigen wollte. In einer Vitrine entdeckte sie Fleischstücke, die wie Koteletts oder Schnitzel aussahen, aber als sie mit dem Finger darauf deutete, erhielt sie kein Fleisch, sondern mit einer scharfen Handbewegung den Verweis, an der Kasse die gewünschte Ware zuerst zu bezahlen. Anja stellte sich an, obwohl sie von diesem Unterfangen nicht überzeugt war. Und tatsächlich, als sie nach einer halben Stunde endlich zuvorderst stand, konnte sie nichts anderes tun, als auf irgendeine der Vitrinen im Raum zu deuten und danach den Betrag zu bezahlen, den man ihr auf einen Zettel schrieb. Und wie zu erwarten war, erhielt sie am Ende kein Fleisch, sondern einen rechteckigen Klotz tiefgefrorener Fische, die ein hünenhafter Verkäufer mit einem Beil aus einem Eisblock herausschlug.

Auch an diesem Abend verriet Isabel ihrer Freundin nichts von der winzigen pulsierenden Wendung in ihrem Leben, die sich gestern früh auf dem Ultraschallbild der Sokolskaja Bolniza abgezeichnet hatte. Sie wollte ihre Schwangerschaft für sich behalten. Denn sie wollte ihr Kind vorerst mit niemandem teilen. Sie wollte ihre Hände auf ihren Bauch legen und mit ihm allein sein. Sie wollte ihm Geborgenheit geben und ausschliessliche Liebe. Sie hatte bisher nie einen Kinderwunsch verspürt, aber jetzt war er auf einmal da, heftig und unkontrollierbar. Die Unabhängigkeit, die sie in den wechselnden Metropolen während ihres Studiums genossen hatte, schien Isabel von einem Tag auf den anderen wertlos.

Gleichmütig schmiss sie die vielen Schwänze und Köpfe der Fische, die Anja als Eisblock erstanden hatte, in den Müll, panierte die Fischleiber und briet sie, während es sich ihre Freundin mit einer Flasche Krimsekt, die sie irgendwo auf ihrem Beutezug erstanden hatte, bequem machte. Bis zur Nachspeise, Quark mit eingemachten Kirschen, hatte sie die Flasche mehr oder weniger allein geleert, und Isabel schaute leicht befremdet zu Anja hinüber, die mit roten Wangen und aufgeknöpfter Bluse auf einem der beiden Sofas lag.

Am nächsten Morgen stritten sich die beiden Freundinnen zum ersten Mal seit Anjas Ankunft in Moskau: Für Anja gab es am geplanten Ausflug nach St. Petersburg nichts zu rütteln, auch nachdem Isabel ihr eröffnet hatte, dass sie sich nach dem Fischessen vom Vorabend nicht ganz wohl fühle. Das Florenz des Nordens wollte Anja auf keinen Fall verpassen, und besonders die Möglichkeit, gleich drei weltberühmte Museen besuchen zu können, lockte sie sehr: die Eremitage, das Russische Museum und das Stieglitz-Museum. Denn sie habe nach dem einen Jahr Kunstgeschichte nicht aufgehört, sich für Kunst zu interessieren, wie sie heftig erklärte. Und es stimmte: In ihrer Freizeit besuchte sie oft Ausstellungen oder setzte sich auch nur ins Museumscafé, wo sie einen frisch gepressten Orangensaft trank und ein Lachsbrötchen dazu ass und es genoss, unter kultivierten Menschen zu sein, die sich leise unterhielten oder in anspruchsvollen Zeitungen lasen und nie unter Zeitdruck zu stehen schienen.

Nach hitziger Diskussion lenkte Isabel endlich ein. Und Anja stellte sich eine Stunde lang vor dem Fahrkartenschalter in die Kolonne, damit die kränkelnde Isabel sich so lange wie möglich ausruhen konnte und erst im letzten Augenblick in Aktion treten musste, als es darum ging, die Tickets für den Liegewagen mittels Bezahlung von Schmiergeld zu ergattern. Mit grossen Augen verfolgte Anja die schnelle Transaktion. Wie zuerst Rubel unter der Glasscheibe hindurchgeschoben wurden und danach ein paar Dollarscheine, und schon waren die Tickets in Isabels Händen und wurden diskret in die Tasche gesteckt. Anja war einen Moment lang schockiert, dann aber packte sie dieser wohlige Schauer der Illegalität, der sie bis zu ihrem Heimflug nicht mehr verlassen sollte.

Auf der Reise nach St. Petersburg musste sich Isabel immer wieder übergeben, und fast hätte sie ihr Geheimnis preisgegeben, so elend fühlte sie sich, so sehr sehnte sie sich nach etwas Aufmunterung und Zuspruch. Aber zum Glück gelang es den beiden kirgisischen Studenten, mit denen sie im Abteil sassen, nach ungefähr drei Stunden Zugfahrt das Fenster ein wenig zu öffnen, so dass ein Hauch kalter Nachtluft eindringen konnte und die Reise erträglicher wurde.

Gentlemanlike richteten sie sich danach auf den beiden oberen Liegen ein, wo sie für den Rest der Nacht im Schein einer Taschenlampe Schach spielten und die Tür bewachten, die sich aus unerklärlichen Gründen nicht abschliessen liess. Erst im Morgengrauen, nachdem der Schaffner Isabel und Anja mit frischem Tee geweckt hatte, legten sie sich hin und schliefen, nur mit einem weissen Unterhemd und einer weissen Unterhose bekleidet.

Als der Zug in St. Petersburg hielt, wäre Isabel am liebsten sofort ausgestiegen, um der stickigen Luft im Abteil endlich zu entkommen, aber Anja verwies sie empört auf ihre Pflicht, ihre beiden Beschützer zu wecken und sich für ihren aufopferungsvollen Nachtdienst zu bedanken. Und so strich Isabel zuerst widerwillig, dann aber doch mit einer gewissen Freundlichkeit über die dunklen, schönen Arme der beiden, die wie grosse Glockenschwengel synchron von den oberen Betten baumelten, und fragte mit leiser Stimme, ob sie sie zu einem Kaffee einladen dürften.

In ihrer Kindheit hatte Anja mit Hingabe Abenteuerbücher aus fernen Welten gelesen, und während sie mit Oklik und Taalai im Hotel Ewropeiskaja an der Michailowskaja Uliza Kaffee tranken, kam ihr diese längst vergessene Lektüre mit einem Schlag wieder in den Sinn. Die wilde und gefährliche Welt des Dschingis Khan und seiner Mongolenstämme, die sie tage- und nächtelang in ihren Bann geschlagen und oft all ihre Pflichten hatte vergessen lassen: ihre Hausaufgaben und all die Ämtchen, die in einem Erzieherhaushalt peinlichst genau kontrolliert wurden. Nie hätte sie gedacht, dass sie einem dieser Geschöpfe aus ihrer Phantasiewelt einmal so unmittelbar gegenübersitzen würde. Und wie ein Stromstoss durchzuckte es sie, als Taalai sie mit seinen schmalen Fingern beim Überreichen der Zuckerdose zufällig berührte und dabei sanftmütig unter dem Vorhang seiner dichten schwarzen Haare hervorlächelte.

Isabel willigte nur ungern in den Vorschlag der beiden ein, sich am nächsten Tag vor der Kunstakademie zu treffen, um von dort der Newa entlang bis zur Peter- und-Paul-Festung zu spazieren. Sie hatte keine Lust auf irgendetwas und schon gar nicht darauf, in Begleitung zweier fremder Männer in einer ihr unbekannten Stadt herumzugehen. Am liebsten hätte sie sich wieder in dieses kleine Erdloch verkrochen, von dem sie in der Nacht zuvor abermals geträumt hatte und das sich in der Zwischenzeit zu einem beachtlichen unterirdischen

Höhlensystem entwickelt hatte. Sie stellte fest, dass sie zum ersten Mal in ihrem Leben fremde Menschen nicht ertrug und dass das Unterwegssein in einer unbekannten Stadt ihr Unbehagen bereitete.

Sie hatte für die drei Tage in St. Petersburg über eine Freundin einer Freundin eine Privatunterkunft in der Innenstadt nahe der Moika organisiert, aber auch der Gedanke an diese Unterkunft erzeugte in ihr nur Widerwillen. Sie lag in einem baufälligen Mehrfamilienhaus, und ihr einziger Vorteil war, dass sie zentral und billig war. Sie mussten der Mieterin nichts weiter als zehn Paar Nylonstrümpfe überlassen.

Beim Betreten der Wohnung wäre Isabel am liebsten wieder umgekehrt. Der Geruch von Kohl- und Zwiebelsuppe war ihr unerträglich. Endlich in ihrem Zimmer angelangt – es wurde von einem grossen Doppelbett beherrscht, eine typische helle Holzimitation aus dem Krasnogwardeiski Kombinat – musste sie zuerst eine grossangelegte Lüftaktion durchführen. Am liebsten hätte sie, obwohl die Temperatur deutlich unter null lag, das Fenster nie wieder zugemacht.

Als Anja am nächsten Morgen aufwachte und aus dem Fenster schaute, sah die Parkanlage zwischen den heruntergekommenen grauen Mietshäusern wie ein verwunschener Garten aus. Es hatte über Nacht geschneit, und die Bäume und Sträucher lagen so friedlich und weiss unter ihr, als hätte eine liebevolle Krankenschwester sie fürsorglich zugedeckt. Kein Laut war zu hören, nur das Knirschen einer Schaufel, die sich entlang der Wege durch den Schnee arbeitete und von einer kugelrunden Frau mit rotem Kopftuch geführt wurde.

Anja wollte sofort hinausgehen in diese winterliche Pracht. Schnell wusch sie sich und zog sich an. Aber im Wohnzimmer stand auf einer weissen Spitzendecke bereits das Frühstück: Wurstscheiben und Blini. Und nachdem Isabel sich zu Anja gesellt hatte, brachte die Vermieterin frisch aufgebrühten Tee aus der Küche. Sie trug die gefüllten Tassen einzeln zum Tisch und stellte sie exakt vor das Bild ihres Mannes, der, wie sie am Abend zuvor erklärt hatte, auf einem atombetriebenen Unterseeboot in der Barentssee Dienst tat. Als die Frau wieder in der Küche verschwunden war, lachten Anja und Isabel heimlich über diese Geste, die den Eindruck vermittelte, der Tee würde dem Mann auf dem Bild serviert und nicht ihnen. Aber dann tat ihnen die Frau leid, die bestimmt sehr einsam und arm war. Und sie beschlossen, bei ihrer Abreise ein paar Dollar im Zimmer zu hinterlassen.

Auf dem Spaziergang entlang der Newa fühlte sich Isabel besser, als sie gedacht hatte. Der Tag war sonnig und angenehm, und sie musste sich um Anja, die sich in der Begleitung der beiden Männer offensichtlich wohl fühlte, kaum kümmern. Anjas Schulenglisch war schnell wieder in Fluss gekommen, und Isabels Übersetzerdienste – sie sprach fliessend Spanisch, Französisch, Englisch und mittlerweile auch Russisch – wurden fast nicht mehr gebraucht. Sie wurde in Ruhe gelassen und hatte Zeit, ins halb zugefrorene Flussbett der Newa hinunterzustarren und ihren eigenen Gedanken nachzuhängen. Immer wieder versuchte sie, sich ihr ungeborenes Kind vorzustellen und ihr Leben, wenn es einmal auf der Welt war. Aber die Vorstellung gelang ihr nicht. Das Kind zeigte sich nur als undeutlicher Schemen, und auch die Umgebung, in der es sich hätte befinden können, fehlte. Es gelang ihr nicht einmal, es in einem dieser Schalensitze, in denen sie Babys schon oft in Autos gesehen hatte, zu imaginieren. Es zeigte sich immer nur als eine Art hautfarbener Luftballon, der irgendwo über der Newa schwebte.

Nur ein einziges Mal bekam Isabel etwas von den Gesprächen der anderen mit: als Taalai und Oklik erklärten, dass sie das achte beziehungsweise neunte Kind ihrer Eltern waren und auch noch zwei jüngere

Schwestern hatten, und Anja mehrmals nachfragte, ob das tatsächlich wahr sei und ob sie nicht wenigstens zwei verschiedene Mütter hätten. Aber die beiden schüttelten nur ihre dunkle Haarpracht und zeigten lachend ihre blitzenden weissen Zähne.

Isabel wusste sehr wohl, dass das möglich war. Sie war in einem Diplomatenhaushalt mit wechselnden Dienstboten aufgewachsen, und nicht wenige von ihnen hatten mehr als ein Dutzend Kinder gehabt. Ihre Eltern hatten sich immer gern über die ungebremste Fruchtbarkeit ihrer Angestellten lustig gemacht, aber Isabel hatte diese Kinder gemocht und war mit einigen von ihnen eng befreundet gewesen. Sie hatten ihr die fehlenden Geschwister und Nachbarskinder ersetzt, die rund um die Diplomatenhäuser nur spärlich anzutreffen waren.

Am nächsten Tag musste Anja das Stieglitz-Museum und die Eremitage allein besuchen. Isabel wollte lieber den üblen Geruch in der Wohnung auf sich nehmen und bei ihrer Gastgeberin bleiben als mitkommen. Sie fühlte sich nicht wohl.

Ins Russische Museum begleitete sie Taalai, der schon am Abend zuvor beteuert hatte, ein grosser Kunstliebhaber zu sein. Und Anja staunte darüber, dass er sogar ein paar Namen von Künstlern kannte, die im Museum vertreten waren, Namen, die nicht einmal ihr geläufig waren.

Während sie durch die grossen, beinahe leeren Hallen des Museums schlenderten, sprachen sie über die Bilder, die sie sahen, aber auch über die Gedanken und Gefühle, die diese in ihnen auslösten, und ihr Gespräch wurde von Bild zu Bild angeregter.

Als sie vor den *Wolgatreidlern* von Ilja Repin standen und über die Präzision staunten, mit der die dunkel verschmutzten Gesichter dieser ausgebeuteten Kreaturen gemalt worden waren, legte Taalai wie selbstverständlich seinen Arm um Anjas Schultern, und sie schmiegte sich sofort an seine Seite. Sie wusste, dass ihr Verhalten tadelhaft war, denn abgesehen vom fehlenden Trauschein war sie eine verheiratete Frau, vielleicht sogar schon bald Mutter. Aber sie war machtlos gegen die Anziehung, die der Mann neben ihr auf sie ausübte. Und wenn sie ehrlich war, musste sie sich eingestehen, dass sie bereits seit dem gestrigen Abend, als sie zu viert in einem Restaurant über einer fleckigen Tischdecke Borschtsch gelöffelt und dazu einen grässlich sauren Wein getrunken hatten, auf diese Geste gewartet hatte. Und als Taalai sie draussen vor dem Museum zum ersten Mal küsste und dabei unter ihre

Jacke griff und auf seltsam angenehme Art ihren Hintern knetete, waren alle ihre Skrupel vergessen.

Am nächsten Tag wunderte sich Isabel, dass sie Taalai und Oklik wieder auf dem gleichen Zug begegneten, der sie nach Moskau zurückbrachte. Sie erinnerte sich dunkel daran, dass die beiden den Plan geäussert hatten, für mehrere Tage in St. Petersburg zu bleiben, um herauszufinden, ob sie ihr Ingenieurstudium auch dort fortsetzen konnten oder ob ihr Stipendium nur für Moskau galt. Dass sie übers Wochenende alle Informationen hatten einholen können, schien ihr unwahrscheinlich. Aber als sie Anja und Taalai eng umschlungen auf dem Flur ihres Waggons entdeckte, wunderte sie sich nicht mehr. Beide waren so sehr auf die Berührung ihrer Körper konzentriert, dass sie nicht merkten, wie Isabel an ihnen vorbei aufs Klo ging.

Mehrmals erbrach sie sich dort, um dann lange und wie benommen in das Loch zu starren, durch das sie Schmutz und Schneematsch in berauschender Geschwindigkeit unter sich hinwegrasen sah. Dann klappte sie mit einer jähen Bewegung den Klodeckel zu, spülte ihren Mund mit Mineralwasser, wusch sich die Hände und ging mit schnellen Schritten zurück in ihr Abteil. Später wusste sie mit hundertprozentiger Sicherheit, dass genau in diesem Moment jene Entscheidung gefallen war, die dazu führte, dass sie sechs Monate später Russland verliess und nach Zürich umzog.

Irgendwann war Anja so erregt, dass sie sich von Taalai in jenes Klo dirigieren liess, in dem Isabel sich Minuten zuvor noch erbrochen hatte. Sie versuchten, sich gegenseitig die Kleider auszuziehen. Aber immer wieder verlor einer den Halt und fiel beinahe hin, und sie mussten in ihren Bemühungen innehalten, bis die Fahrt wieder etwas ruhiger wurde. Irgendwann gerieten sie auf dem Klodeckel doch ineinander, und Anja spürte wenig später Taalais Sperma über ihre Schenkel fliessen, nahm seine Klebrigkeit wahr und seinen Geruch und den Spülkastenknopf, der sich schmerzhaft in ihren Rücken bohrte.

Nie im Leben hätte sie geglaubt, dass sie fähig wäre, das zu tun, was sie soeben getan hatte, und sie zweifelte, ob tatsächlich sie es war, die verkrümmt auf diesem Klodeckel lag, den Kopf eines Mannes auf ihrem Bauch, den sie erst vor zwei Tagen kennengelernt hatte. Sie schloss die Augen, atmete tief durch und streichelte mit beiden Händen über Taalais Haarschopf, der ihr in diesem Moment wie das struppige Fell eines Tieres vorkam.

Nach ihrer Ankunft in Moskau war Isabel nicht erstaunt darüber, dass Taalai und Oklik sie bis zu ihrer Wohnung begleiteten. Zuvorkommend trugen sie den beiden Freundinnen die Taschen und ergatterten für sie zwei freie Sitze in der Metro. Endlich vor ihrer Wohnungstür angelangt, erbot sich Anja an, für alle etwas zu kochen. Wenigstens eine Kleinigkeit nach der Anstrengung der langen Fahrt, sagte sie schnell, und Isabel nickte nur müde und verschwand in ihrem Schlafzimmer.

Isabel schloss die Tür, legte sich auf ihr Bett und starrte an die Decke. Wie in einem Film reihten sich in diesem halbwachen Zustand vor ihrem inneren Auge Szenen aus ihrem bisherigen Leben aneinander. Sie sah sich mit ihrem weissen Schaukelpferd auf der Terrasse von Manson House in Accra, in einem grünen Bikini auf dem Bug der Jacht, die ihre Eltern in Mosambik besessen hatten, als Teenager auf Skiern vor jenem hochalpinen Gymnasium, in dem sie mit Anja zusammen ihre Matura gemacht hatte, und in den Armen von Cédric, der sie auf einem Schaffell auf dem Boden seines Pariser Apartments schnell und heftig entjungferte. Auch Malte am Steuer seines Cabriolets flimmerte an ihr vorüber und zu guter Letzt Fausto, der ihr, eine Zigarette zwischen die Lippen geklemmt, auf dem Bahnhof Roma Termini ihre fünf Koffer in den Zug hievte, als sie vor mehr als zwei Jahren die Bahn nach Moskau bestieg. Endlich schlief sie ein und wurde von einem Strudel erfasst, der sie mit immer grösserer Geschwindigkeit in eine schwarze Tiefe riss. Und als sie eine Stunde später von Anja zum Essen gerufen wurde, kam es ihr vor, als hätte sie eine Art Nahtoderlebnis gehabt.

Es war schon weit nach Mitternacht, als Anja Taalai und Oklik bis vor das Haus begleitete. Obwohl in der Küche zwei Sofas standen, hatte Isabel den beiden verboten, über Nacht zu bleiben. Sie war beinahe laut geworden, als Anja sie um den Gefallen bat, und Anja blieb nichts anderes übrig, als den beiden Isabels Verbot möglichst schonend beizubringen. Vor der Haustür zog sich Oklik rücksichtsvoll einen Moment lang zurück, und Anja konnte sich von Taalai verabschieden. Sie küssten sich noch einmal lange, pressten ihre Leiber aneinander und verfolgten auf ihren Körpern ihr gegenseitiges Begehren.

Aber als Taalai sie nach ihrer Adresse und Telefonnummer fragte, schrieb Anja eine falsche Adresse und auch eine falsche Telefonnummer auf. Mit einem Mal war in ihr ein unwiderstehlicher Drang, in ihr altes Leben zurückkehren, wie wenn nichts gewesen wäre: ins Krankenhaus und auch zu Rolf.

Am nächsten Tag brachte Isabel Anja zum Flughafen. Sie sprach mit ihr weder über Taalai und Oklik noch über das, was sie im Zug gesehen hatte, noch über ihre Schwangerschaft. Nach dem Einchecken gingen sie Arm in Arm in der Flughafenhalle auf und ab, als ob die letzten Tage nichts, aber auch gar nichts Aussergewöhnliches passiert wäre.

Isabel sollte Anja helfen, Geschenke zu suchen für ihre Eltern und für Rolf. Aber es war schwierig, in den wenigen Souvenirläden etwas zu finden, das Anja gefiel. Die Matrjoschkas waren ihr zu symbolträchtig und die Holzschachteln mit den geschnitzten Deckeln zu teuer. Isabel empfahl ihr, Tee mitzubringen und eine bestimmte Art von klebrigen Süssigkeiten, die nur in Russland hergestellt wurden. Aber Anja konnte sich für nichts entscheiden. Zu guter Letzt kaufte sie doch zwei Matrjoschkas, die sie aber wenig später an der Zollkontrolle in einer Tüte stehenliess. Isabel versuchte, sie mit Winken auf die Tüte aufmerksam zu machen, aber Anja verstand ihre Handzeichen nicht, lächelte nur, winkte zurück und glitt ruhig auf der Rolltreppe davon, die zu den Gates führte.

Isabel blieb nichts anderes übrig, als die Tüte mit nach Hause zu nehmen. Am nächsten Tag stellte sie die beiden Matrjoschkas auf ihren Kühlschrank, und da erinnerten sie sie fortan bis zu ihrer Abreise nach Zürich an Anjas kurzen, etwas seltsamen Aufenthalt.

Nach ihrer Rückkehr in die Schweiz liess Anja von einer Kollegin einen HIV-Test machen. Den fragenden Blick ignorierte sie. Zur Blutentnahme hielt sie ihren Arm hin und schaute dabei starr aus dem Klinikfenster, hinter dem dichter Regen fiel. Sie mochte es nicht, wenn andere Menschen sich in ihr Leben einmischen wollten, auch wenn sie es gut meinten. Als der Test negativ ausfiel, schlief sie zum ersten Mal nach ihrer Reise wieder mit Rolf. Aber zwei Tage später eröffnete sie ihm beim Abendessen, dass sie sich von ihm trennen wolle, und war überrascht, wie gelassen er die Ankündigung aufnahm. Fast kam es ihr vor, als hätte er darauf gewartet. Er machte ihr keine Szene und keine Vorwürfe. Und selbst an dem Tag, als sie aus der gemeinsamen Wohnung auszog, fiel kein lautes Wort zwischen ihnen.

Im Krankenhaus sahen sie sich weiterhin, ab und zu trafen sie sich in der Kantine sogar zum Essen. Wie früher sprachen sie dann von ihrer Arbeit und von den

Problemen, die die Krankenhaushierarchie mit sich brachte. Wenn die Rede auf ihre Zukunft kam, versicherten sie sich jedes Mal gegenseitig, dass sie beide ja noch jung waren und problemlos mit einem neuen Partner, einer neuen Partnerin von vorn beginnen und auch Kinder haben könnten.

Als Isabel nach Hause kam, fand sie ihr Kind und Anja schlafend auf ihrem Bett liegen. Aus Sorge, dass der Kleine weinen würde, wenn sie zurückkehrte, hatte sie sich sehr beeilt und war die vier Treppen zur Wohnung sogar hochgerannt. Jetzt stand sie da und fühlte sich etwas verloren vor dem ruhigen Bild, das sich ihr bot. In den letzten Monaten hatte sie nichts anderes getan, als sich um ihr Kind zu kümmern. Sie war dreimal in der Nacht aufgestanden, hatte es gefüttert und herumgetragen. Sie hatte es gewickelt und ihm mit einer Pipette den Rotz aus der Nase gesogen, wenn es sich erkältet hatte, war mit ihm zum Kinderarzt geeilt, zur Mütterberatung und zur Babymassage. Sie hatte ihr ganzes Leben nur noch auf den Kleinen ausgerichtet, den sie ganz allein aufzog und dessen Vater von seiner Existenz nicht einmal etwas wusste.

In der Küche trank sie stehend ein Glas Leitungswasser, füllte es noch einmal und ging mit dem Glas in der Hand ins Schlafzimmer, um nachzusehen, ob sich noch immer nichts rührte. Lange betrachtete sie Anja mit dem Kind auf dem Bauch, das ihr mit seinen wirren schwarzen Haaren plötzlich fremd vorkam.

Sie ging ins Badezimmer, zog ihre Kleider aus und stellte sich unter die Dusche. Sie seifte sich ein, wusch sich die Haare, stand lange unter der Brause und liess das Wasser über ihr Gesicht und ihren Körper rinnen. Als sie sich abtrocknete und eincremte, fiel ihr auf, dass ihr Bauch noch immer stark gewölbt war, so als würde noch ein weiteres Kind in ihm sitzen. Sie beschloss, die Übungen, die sie in der Rückbildungsgymnastik gelernt hatte, ab und zu auch zu Hause zu machen.

Als sie fertig war, öffnete sie das Badezimmerfenster, und die Nachtluft strömte mit derselben drängenden Kälte auf sie zu wie damals in ihrer überheizten Moskauer Wohnung. Sie blieb lange stehen und atmete tief ein und aus, und mit jedem Atemzug kam ein Stück Erinnerung zurück.

Sie föhnte ihre Haare, schminkte sich, suchte im Spiegelschrank zwischen Binden und Vitamintropfen nach zwei gleichen Ohrringen, zog das letzte Kleid an, das ihr noch passte, hob im Flur ihre Handtasche vom Boden auf, die sie vor kaum einer Stunde achtlos in eine Ecke geworfen hatte, legte sich ihren Wintermantel um und ging aus der Wohnung, leise die Tür hinter sich zuziehend.

Eine Autorin und ein Autor

Die Veranstaltung hatte längst begonnen, als Miriam einfiel, dass sie ihr Handy noch nicht ausgeschaltet hatte. Sie kramte es hervor, sah, dass drei Nachrichten eingetroffen waren, drückte die Lautlostaste und schob ihre Tasche zurück unter den Stuhl vor ihr, an dessen schwarzer Lehne mit weisser Schrift der Name ›Ruth Bürgisser‹ geschrieben stand.

Die Leiterin des Literaturhauses klatschte in die Hände, und vor ihr stiegen der Autor und die Autorin auf die Bühne, auf deren Lesung und Gespräch sich Miriam schon den ganzen Tag gefreut hatte. Die Frau war um einiges älter als der Mann, aber aus der Distanz sah sie jünger aus als er. Sie war sorgfältig zurechtgemacht, mit gefärbten Haaren und einem jugendlichen T-Shirt. Der Mann trug zu den blonden Haaren einen grauen Bart, den er auch hätte abrasieren können. Er hatte allein den Zweck, ihn älter und reifer wirken zu lassen. Dieses Zurechtgemachte irritierte Miriam. Die Bücher der beiden waren schmal, bescheiden und ungekünstelt. Sie passten nicht zu dieser Aufmachung.

Eigentlich hätte die Autorin die Aufgabe gehabt, den Autor und sein neues Buch vorzustellen. Aber schon während der Einführung unterbrach er sie immer wieder, korrigierte ihre Ausführungen oder stellte Fragen. Sie lachte dann, gab die Frage an ihn zurück, machte einen Witz oder eine ironische Bemerkung. Die beiden schienen sich gut zu kennen, und das Ganze glich zunehmend mehr einer Kumpelei als einer Buchpräsentation.

Miriam mochte die Privatheit nicht, mit der sich die beiden zeigten. Hier auf der Bühne des Literaturhauses verkam ihr Gespräch zu einer Show, die in ihren Augen nur dazu diente, das unzeitgemässe Bild des Autors, der sich Tag und Nacht mit tiefgründigen Fragen beschäftigte, als Mythos zu entlarven. Irgendwann kulminierte sie in der Aussage der Autorin: »Ich könnte mir auch ein ›kleines Leben‹ vorstellen, zum Beispiel halbtags in einer Bäckerei zu arbeiten. Schreiben ist für mich nicht unbedingt notwendig. Ich bin da nur zufällig reingerutscht.«

Miriam lebte dieses ›kleine Leben‹, von dem die Autorin sprach. Sie arbeitete Teilzeit als Mediothekarin an einem Gymnasium, um daneben Zeit zum Schreiben zu haben. Aber dieses Leben hatte sie sich hart erkämpfen müssen. Es war ihr nicht einfach zugefallen, und sie musste es bis heute verteidigen: vor den Kolleginnen, die sie belächelten, und vor István, der sich wünschte, sie würde mehr an die Miete des Hauses bezahlen, in dem sie wohnten. Sie hatte sich zwei fixe Schreibtage in der Woche eingerichtet. Auch wenn nichts entstand, blieb sie an ihrem Tisch sitzen und dachte zumindest über das nach, was sie schreiben wollte. Sie machte sich Notizen, zeichnete, schnitt Bilder aus Illustrierten aus, die zum Thema passten, oder arbeitete an ihrem ›Schreibtagebuch‹. Alle diese Praktiken hatte sie von Rita gelernt, einer Schreibkursleiterin, die selbst keine besonders erfolgreiche Autorin war, aber eine gute Lehrerin, und deren Kurse sie seit einiger Zeit besuchte.

Miriam hatte das diffuse Ziel, Schriftstellerin zu werden, aber wenn sie ehrlich war, hatte sie nicht einmal eine Idee für irgendetwas Grösseres, das sie einem Verlag hätte anbieten können, einen Roman oder ein Theaterstück. Sie schrieb einfach gern. Wenn sie schrieb, war sie zu Hause. Dann war sie genau da, wo sie sein wollte. Was sie schrieb, waren aber nur Kleinigkeiten, Puzzleteile, Miniaturen. Sie hatte noch nichts wirklich fertiggeschrieben. Nichts, was ihr auch nach Wochen noch gefiel. Ihr Schreiben kam Miriam vor, als würde sie mit einem Netz durch die Welt gehen und einfangen, was sie sah und hörte. Es war im Grunde genommen nichts Eigenes, es war nur Fremdes, das sie aufschrieb. Sie kam sich vor wie ein grosses Ohr oder ein grosses Auge, das herumging. Rita hatte gesagt: Versucht, das Eigene zum Fremden zu machen. Das ist Kunst. Bei Miriam war alles anders. Sie wusste nicht, wie sie das Fremde zum Eigenen machen konnte. Aber sie war offenbar die Einzige, die dieses Problem hatte. Niemand in Ritas Kurs verstand, was sie meinte, als sie einmal versuchte, ihr Problem zu erklären.

Der Autor las jetzt aus seinem Roman vor. Er las mit einer sehr langsamen, gedehnten Stimme. Miriam fiel es leicht, ihm zu folgen. Sie wurde in eine kalte Winternacht, in ein kleines Dorf geführt, in ein Neubauquartier, in dem sich hinter den grossen Glasfenstern eines Hauses ein Mann und eine Frau stritten. Der Erzähler beobachtete die beiden, während er draussen in der Kälte stand und in das hellerleuchtete Wohnzimmer sah. Er nahm nur die Bewegungen des Paares wahr. Das Gespräch musste er erraten. Zuerst vermutete er, es gehe bei dem Streit um Geld, weil das Haus so neu und teuer erschien. Es war mit Designermöbeln und grossformatigen, modernen Bildern ausgestattet. Dann aber tauchte plötzlich ein Kind in der Tür auf, das das streitende Paar mit aufgerissenen Augen beobachtete. Als die Frau das Kind bemerkte, packte sie es, nahm es auf den Arm und strich ihm über den Kopf. Dann nahm der Mann es der Frau aus dem Arm und strich ihm genauso zärtlich über die Haare. Das Hin und Her wiederholte sich einige Male, und der Erzähler dachte plötzlich, der Streit zwischen dem Mann und der Frau gehe um das Kind. Aber als das Kind verschwunden war, stritt das Paar trotzdem weiter. Es flogen sogar Gegenstände durch die Luft. Farbige Sofakissen und der Inhalt der Fruchtschale, die auf dem Salontisch stand. Aus der Distanz, in der sich der Erzähler befand, wirkte das geradezu lustig und erinnerte ihn an die Tortenschlachten von Dick und Doof, die er als Kind am Fernsehen so gern gesehen hatte. Er musste lachen und vergass für einen Augenblick die ganze Erbärmlichkeit der Szene.

Nachdem der Autor die Lesung beendet hatte, nahm die Autorin das Gespräch wieder auf. Sie fragte den Autor, ob er nicht manchmal wie sie die Pflicht verspüre, seinen Lesern ein Zuhause zu geben, und zwar ein schönes Zuhause. Figuren, Milieus, mit denen sie sich identifizieren könnten, in denen sie sich wohl fühlten. Der Autor lachte laut auf, als die Autorin ›wohl fühlen‹ sagte, so als hätte sie einen absurden Witz gemacht. Dann verstummte er und erwiderte endlich, er fühle sich seinen Lesern gegenüber zu gar nichts verpflichtet, schon gar nicht dazu, ihnen ein Zuhause zu liefern. Das müsse überhaupt keine Literatur. Das müssten die Leser schon selbst in ihrem eigenen Leben schaffen.

Miriam lächelte. Der Autor hatte nicht recht. Sie hatte in der Literatur ein Zuhause gefunden, gerade auch in seinen Büchern. Und es war ihr egal, wie nahe oder wie fern diese Welt ihrem eigenen Leben war. Ob sie von bisexuellen russischen Generälen bevölkert war, wie die Autorin anhand eines Beispiels lachend erläuterte, oder von jungen Mediothekarinnen an Gymnasien.

Nach dem Gespräch gab es noch Zeit für Fragen des Publikums. Miriam hätte den Autor gern gefragt, wie er es schaffe, alles in seinen Geschichten so wohlgeordnet zusammenzubringen, all diese fremden Leben, all diese Figuren. Es gab nichts, was völlig losgelöst war, nichts, was zufällig erschien. Alles umkreise ein einziges Zentrum: die Liebe. Die Liebe zwischen einem Mann und einer Frau. Aber Miriam traute sich nicht, die Frage zu stellen. Sie kam ihr, je länger sie darüber nachdachte, banal vor. Stattdessen hörte sie zu, was die anderen Leute im Publikum fragten.

Plötzlich entdeckte sie Rita unter den Gästen. Rita winkte ihr zu. Sie schien sich zu freuen, dass Miriam auch da war, und nach dem Schlussapplaus drängte sie sich sogar zu Miriam vor, begrüsste sie herzlich und lud sie ein, in den Goldenen Hahn mitzukommen, wo nach den Lesungen immer etwas gegessen wurde. Sie kenne die Autorin gut, sie sei eine alte Freundin von ihr.

Im Goldenen Hahn kam Miriam ausgerechnet dem Autor gegenüber zu sitzen. Warum nur? Sie war doch unwichtig und gehörte gar nicht hierher. Am liebsten hätte sie ganz am Ende des Tisches gesessen, in der Ecke, dort, wo jetzt die Leiterin des Literaturhauses sass. Aber sie war nicht geistesgegenwärtig genug gewesen, sich beim Anstehen vor dem Tisch auszurechnen, wo sie sitzen würde. Hilfesuchend sah sie sich nach Rita um. Aber Rita sass weit entfernt und von ihr abgewandt und sprach angeregt mit der Autorin.

Mit gesenktem Blick starrte Miriam in die Speisekarte und suchte nach etwas, was sie jetzt noch essen konnte, denn sie hatte eigentlich bereits vor der Lesung gegessen. Als die Kellnerin auf Geheiss des Autors zwei Flaschen Wein und Gläser brachte, bestellte sie einen Salatteller. Der Autor verteilte die Gläser und schenkte auch Miriam ein. »Zum Wohl«, sagte er zu ihr und bot ihr das Du an: »Guido.« Danach fragte er sie, wie sie heisse, und Miriam nannte ihren Namen und fügte schnell hinzu: »Ich bin Mediothekarin an einem Gymnasium.« Und nur um die peinliche Stille zu füllen, die ihrer Antwort folgte, sagte sie noch: »Die Schüler lesen deine Bücher leider nicht gerne, nur die Lehrer.«

In einem quälenden Gespräch versuchte der Autor nun, von ihr zu erfahren, warum die Schüler seine Bücher nicht gern lasen. Miriam war es unangenehm, keine richtige Antwort geben zu können. Aber Tatsache war, dass die Schüler die Bücher des Autors nicht einmal ausliehen. Um ehrlich zu sein, liehen sie überhaupt nur sehr selten Bücher aus. Eigentlich fragten sie vor allem kurz vor der Matura nach Sekundärliteratur zu den Büchern ihrer Leseliste: zu Kleist, Büchner und Goethe oder zu Frisch. Die restlichen Bücher der Mediothek wurden fast nur von den Lehrern ausgeliehen und von ein paar wenigen interessierten Schülerinnen und Schülern. Miriam kannte sie alle beim Namen. Sie kamen meist allein, suchten sich einen Stapel Bücher aus, die sie auf den bequemen Sofas in der Mitte des Raumes durchstöberten und aus denen sie dann ihre Auswahl trafen. Sie waren so versunken in ihre Lektüre, dass sie sich von den andern Schülern nicht stören liessen, die nur in die Mediothek kamen, um sich in die breiten Sessel zu fläzen und mit ihren Smartphones im Internet herumzusurfen.

Aus einem seltsamen Schamgefühl heraus brachte es Miriam nicht übers Herz, dem Autor die generelle Bedeutungslosigkeit von Büchern für die meisten Jugendlichen vor Augen zu führen. Es musste ihn schmerzen. Sie versuchte deshalb, an die Lesung und an das Gespräch mit der Autorin anzuknüpfen. Sie stellte ihm sogar die Frage, die sie sich im Anschluss an die Lesung nicht zu stellen getraut hatte. Die Frage nach der Ordnung in seinen Büchern. Nach dem Zentrum. Aber der Autor schien sich nicht sonderlich für die Frage zu interessieren und antwortete nur knapp und ausweichend. Kaum hatte er ein paar Stichworte genannt, kehrte er schon wieder zu seinem Ausgangsthema zurück. Es quälte ihn sichtlich, dass seine Bücher von den Schülerinnen und Schülern nicht gelesen wurden. Er fragte Miriam sogar nach Themen, die die Jungen heute beschäftigten, nach denen sie im Internet suchten. Themen, über die er ihrer Ansicht nach schreiben sollte. Aber Miriam wusste auch nicht so recht, wonach die Jugendlichen auf ihren Geräten suchten. Ein Schüler, den sie einmal gefragt hatte, hatte ihr erklärt, dass er sich gerade Filme von Unfällen anschaue. Ziemlich brutale Unfälle. Ob sie mitschauen wolle? Seither hatte Miriam nicht mehr wissen wollen, was sich die Schüler ansahen auf ihren Smartphones.

Zum Glück kamen endlich Miriams Salat und das Sauerkraut mit Speck, das der Autor bestellt hatte. Und in der kurzen Pause, die durch das Auftischen der Speisen entstand, mischte sich nun auch die ältere Dame, die neben Miriam sass, in das Gespräch ein. Sie erklärte dem Autor, wie viel ihr seine Bücher, die sie alle mehr als einmal gelesen habe, bedeuteten, und der Autor freute sich sichtlich über das Kompliment. Lächelnd erhob er sein Glas und bot auch ihr das Du an.

Nachdem Miriam ihren Salat gegessen hatte, hörte sie dem Gespräch des Autors und ihrer Tischnachbarin noch eine Weile zu, dann stand sie auf und verabschiedete sich. Entschuldigend sagte sie, sie müsse morgen wieder früh aus den Federn, und ärgerte sich sogleich darüber, dass ihr eine solch lächerliche Floskel entschlüpft war. »Die Jugend ruft«, gab der Autor postwendend zurück, so dass die ganze Tischgesellschaft für einen Augenblick zu Miriam aufsah, die in diesem Moment am liebsten im Boden versunken wäre.

Draussen regnete es. Miriam zog die Kapuze ihrer Jacke über und ging zum Bahnhof. Sie verwünschte ihre Zerstreutheit, die ihr verbot, einen Schirm einzupacken, weil sie ihn ohnehin bloss würde liegenlassen.

Als sie am Bahnhof ankam, stellte sie fest, dass sie viel zu früh war. Frierend stand sie in der zugigen Kälte auf dem Perron und wartete auf die S-Bahn, die sie in den Vorort bringen sollte, in dem sie wohnte. Um sich aufzuwärmen, ging sie von einem Ende des Bahnsteigs zum andern und wieder zurück.

Plötzlich kam der Autor auf sie zu. »Da trifft man sich wieder«, sagte er lächelnd.

Miriam nickte und schaute auf ihre Schuhe, die ihr auf einmal entsetzlich spiessig erschienen.

Als die S-Bahn einfuhr, stieg der Autor mit Miriam ein und setzte sich im halbleeren Zug ihr gegenüber. Miriam war froh, dass er sofort zu reden begann. Er berichtete von seiner Lesereise und zählte alle Stationen auf, die er schon zurückgelegt hatte. Jeden Tag an einem anderen Ort, sagte er. Zum Glück könne er, wenn er hier in der Region mehrere Lesungen habe, immer bei einem Freund aus Studientagen übernachten. Einem Freund, der Geld habe, fügte er lächelnd hinzu. Da müsse er nicht ständig im Hotel wohnen. Die Spesen, die er nicht verursache, könne er sich oft sogar auszahlen lassen.

Miriam kramte einen Kaugummi aus ihrer Tasche, wickelte ihn umständlich aus dem Papier und steckte ihn in den Mund.

»Das Ganze ist auch sehr komfortabel«, fuhr der Autor fort. »Mein Freund hat ein grosses Haus für seine Familie gebaut, und für die Gäste steht sogar ein separater Trakt zur Verfügung.«

Miriam nickte und bot dem Autor auch einen Kaugummi an.

»Danke«, sagte er. »Du hast auch Familie?«

»Nein. Ja«, erwiderte Miriam. »Mein Freund hat drei Kinder, die aber nur an den Wochenenden bei uns sind.«

»Praktisch.«

»Ja«, antwortete Miriam, obwohl ihr nicht ganz klar war, was der Autor mit ›praktisch‹ meinte. Dann steckte sie die Kaugummipackung wieder zurück in ihre Tasche.

Der Autor sprach jetzt von seinem Gastgeber, der als Jurist bei einer internationalen Firma Karriere gemacht hatte. Kumpelhaft nannte er ihn nur mit seinem Spitznamen: Töme. Später erzählte er von seinem Verlag, der viel zu wenig für ihn tue, kaum Werbung für ihn mache und von ihm neulich sogar verlangt habe, dass er seine Lesereise selbst organisiere. Sein administrativer Aufwand sei bald so gross, dass er gar nicht mehr zum Schreiben komme. Geschweige denn zum Leben, fügte er etwas bitter hinzu.

Als die S-Bahn in Miriams Wohnort hielt, stieg der Autor auch aus.

Miriam wunderte sich. Und dann, als er ihr in die Dunkelheit der Quartierstrassen folgte, fürchtete sie sich sogar ein wenig. Warum begleitete der Mann sie überallhin? Warum war er nicht im Goldenen Hahn geblieben? Warum war er aufgebrochen, kaum war sie gegangen? Er hatte sich doch gut unterhalten.

Wenige Minuten später hätte sie vor Erleichterung beinahe laut gelacht: Das Haus seines Freundes lag direkt gegenüber ihrem eigenen Haus. »Einen Katzensprung von mir entfernt«, rief Miriam überschwänglich. »Wir können uns sogar gegenseitig in die Fenster sehen!«

Der Autor folgte Miriams Blick zum Haus, in dem sie wohnte, und bekräftigte ihre Aussage. Gemeinsam betrachteten sie die mit grossen, dunklen Glasfenstern bestückte Fassade. Nur im Parterre brannte eine Lampe. Im Halbdunkel konnten sie einen Mann vor einem Fernseher sitzen sehen, dessen wechselndes Licht einen gespenstischen Tanz auf seinem Gesicht vollführte.

Vermutlich sah sich István die Wiederholung der Nachrichten an, dachte Miriam, wie immer. Sobald die Nachrichten zu Ende wären, würde er auf die Terrasse treten und sich eine Zigarette anzünden.

»Kommst du noch rein?«, fragte der Autor plötzlich, und Miriam zuckte zusammen. »Ich mach uns einen Tee. Es gibt auch eine kleine Küche im Gästetrakt.«

»Es ist schon spät«, antwortete Miriam und hob ihre Tasche vom Boden auf. Sie musste nach Hause. Aber statt sich zu verabschieden, blieb sie stehen. Sie schaute zwischen den Häusern hin und her. Betrachtete den Gästetrakt des Nachbarhauses, aus dessen Fenstern man direkt in ihr Wohnzimmer sehen konnte, und schaute wieder zurück zu ihrem Haus. Sie beobachtete István, der vor dem Fernseher sass, und liess ihren Blick langsam nach oben wandern. Im ersten Stock lag im Dunkeln ihr kleines Büro mit dem Schreibtisch am Fenster. Darauf ihr Computer. Daneben lagen ihre Notizen und der Stapel mit Bildern, die sie aus Illustrierten und Kunstzeitschriften ausgeschnitten hatte, die Texte, an denen sie arbeitete. Alles, was ihr wichtig war.

»Doch«, sagte sie plötzlich und schaute den Autor an, »doch, ich komme.«

Als Miriam den Schlüssel in ihre Tür steckte und in den Flur trat, war es schon beinahe Morgen. Im Haus roch es nach Pizza. Dabei war noch nicht Freitag, fiel ihr ein. Pizza machte István sonst nur, wenn die Kinder da waren.

Sie hängte ihren Mantel in der Garderobe auf und ging im Dunkeln durch den Flur. Sie machte kein Licht. Nicht einmal, um die Treppe hochzugehen. Sie putzte sich die Zähne im Dunkeln, streifte ihre Kleider ab und tastete nach ihrem Pyjama, das an einem Haken an der Wand hing.

Sie trat aus dem Bad und öffnete die Tür zu ihrem kleinen Büro. Wie immer durchflutete sie ein Gefühl von Geborgenheit beim Eintreten.

Leise schloss sie die Tür hinter sich, legte sich auf das schmale Gästebett, deckte sich mit der Wolldecke zu, die eigentlich als Bettüberwurf diente, und sah durch das grosse Fenster, das bis zum Boden reichte, hinaus in die Nacht. Noch immer leuchteten ein paar Sterne am erblassenden Firmament und erhellten die Quartierstrasse: die Häuser und die Bäume, die schwarz in den Himmel ragten.

Vergeblich schloss sie die Augen und versuchte zu schlafen.

Irgendwann stand sie auf, setzte sich an ihren Schreibtisch und sah hinüber zum Nachbarhaus, in dem der Autor schlief. Sie suchte nach ihm und entdeckte ihn ruhig atmend in dem grossen Doppelbett liegen, nackt, nur dürftig mit einem Laken zugedeckt. Eine Romanfigur, die zum Leben erweckt worden war.

Als der Autor die Augen aufschlug, sah er die Frau drüben, vom Licht ihres Laptops beleuchtet, an ihrem Schreibtisch sitzen. Ihr Blick war gesenkt. Sie schrieb, vollkommen versunken. Er wartete, ob sie zu ihm herüberschaute, hoffend, dass sie nach ihm suchte. Aber als sie aufsah, schweifte ihr Blick nur kurz in seine Richtung und senkte sich sogleich wieder.

Er stand auf und tastete im Halbdunkel nach seinen Kleidern. Sie lagen im ganzen Apartment verstreut. Als er das Licht anschaltete, kamen sie ihm fremd vor: sein schwarzes Hemd, seine schwarze Hose, sein schwarzer Sakko, seine schwarze Unterwäsche.

Er musste an die Vitrine in diesem Literaturmuseum denken, in dem er vor langer Zeit einmal Schillers Kleider gesehen hatte: sein rotes Wams, seine weissen Beinkleider, seinen dreieckigen Hut. Teile eines Dichteroutfits, das seine Witwe Stück um Stück verkauft hatte, um ihr kärgliches Einkommen aufzubessern.

Er sammelte seine Kleider ein und stopfte sie in eine Plastiktüte, die er im Deckel seines Koffers fand. In den Schränken des Apartments suchte er nach Ersatz, nach Kleidungsstücken, die irgendein anderer Gast zurückgelassen haben könnte. Er fand eine Jeans und ein rotkariertes Holzfällerhemd. Das Hemd gefiel ihm sogar. Mit den Fundstücken unter dem Arm ging er ins Bad.

Im Spiegelschrank über dem Waschbecken fand er einen Rasierapparat. Nach einigen Versuchen begriff er, wie er funktionierte, und rasierte sich den grauen Bart ab. Während er in kreisenden Bewegungen über seine Wangen fuhr, dachte er über die vergangene Nacht nach. Nach beinahe zwei Jahren hatte er wieder mit einer Frau geschlafen. Wirklich geschlafen. So dass beide etwas davon gehabt hatten. Was für eine ernüchternde Bilanz: Er hatte einen Roman über die Liebe geschrieben und seit zwei Jahren mit keiner Frau mehr geschlafen.

Prüfend sah er in seine Augen, die ihm jetzt winzig klein erschienen. Sein Kinn bleich und kantig. Jahrelang war seine Haut vor der Sonne geschützt gewesen; das hatte Spuren hinterlassen. Zu beiden Seiten war sein Unterkiefer mit Pickeln übersät und sah aus wie das Kinn eines Teenagers. Er fühlte sich plötzlich, als hätte er einen Entwicklungsschritt übersprungen: viel zu jung.

Suchend fuhr er mit der Hand über sein Gesicht, über seine Wangen, seine Nase, seine Stirn, strich über seine Lippen und spürte ihre weiche, runde Form, öffnete sie, schnappte nach seinen Fingern und biss hinein, bis es schmerzte.

Er musste wieder an die Frau denken. Er konnte sie noch immer nicht anders nennen, nur *die Frau*. Sie war in seiner Vorstellung anders gewesen, impulsiver, nicht so scheu, nicht so spröde. Er hatte sich immer gegen die üblichen Männerphantasien gewehrt, hatte sie in seinen Büchern tunlichst vermieden. Aber jetzt musste er zugeben, dass auch er ihnen erlegen war. Denn in Tat und Wahrheit war die Frau wie eine Erdnuss gewesen, die sich nur mühsam aus der Schale und dem dünnen Häutchen pulen liess, die ihren Kern umgaben. Aber der Aufwand hatte sich gelohnt. Er war glücklich und spürte eine angenehme Wärme in sich aufsteigen.

Vielleicht, so dachte er, hatte er den Roman, an dem er so lange gearbeitet hatte, erst gestern Nacht wirklich zu Ende geschrieben.

Er erinnerte sich an das Kind aus der Szene, die er am Vorabend im Literaturhaus vorgelesen hatte. Das Kind, das der Erzähler mit weit aufgerissenen Augen hinter seinen Eltern stehen gesehen hatte, dessen Blick ängstlich zwischen seinem Vater und seiner Mutter hin- und herwanderte, den Dreck verfolgend, mit denen sie sich gegenseitig bewarfen. Dieses Kind, das stumm war und kein Wort herausbrachte, das nur beobachtete. Dieses Kind, das er selbst einmal vor langer Zeit gewesen war und das ihn einst zum Schreiben veranlasst hatte. Jetzt war es in die Rolle des Jugendlichen geschlüpft und hatte das Kind abgestreift, das er so sorgfältig versteckt hatte unter seinem grauen Bart.

Er strich sich mit der Hand über das Gesicht, spürte seine viel zu breite Nase, die steile Stirnfalte. Er beobachtete, wie sich ein Lächeln auf seinen Lippen breitmachte und sich bis zu seinen Augenwinkeln fortsetzte. Er dachte auf einmal, dass es vielleicht an der Zeit war, einen Roman zu schreiben für diese jungen Leute, die seine Bücher nicht lasen. Dieser junge Mann mit dem bleichen Gesicht, der ihn so aufmerksam musterte und der so unvermittelt vom Greisenalter in die Jugend versetzt worden war, sollte die Hauptfigur sein.

Er stellte sich unter die Dusche, wusch seine Haare, seifte seinen Körper ein, sein Geschlecht, das sich unter der Berührung seiner Hände sofort wieder regte. Dann trocknete er sich sorgfältig ab und zog das Holzfällerhemd an, das ihm wie angegossen passte. Gern hätte er sich im Spiegel betrachtet mit dem Hemd. Aber er war beschlagen von der Feuchtigkeit, die sich beim Duschen gebildet hatte. Vergeblich versuchte er, ihn mit einem Frottiertuch zu reinigen. Das Glas beschlug sofort wieder, und er riss das Fenster auf.

Er suchte nach dem Föhn, der nach seiner Überzeugung bei seinem letzten Besuch im Badezimmerschrank unter dem Waschbecken noch zu finden gewesen war. Aber der Föhn war weg.

Frierend flüchtete er zurück ins Schlafzimmer und suchte im Bett nach der zurückgelassenen Wärme, die er aber nicht wiederfand. Er stand auf und stellte sich ans Fenster: Die Frau sass noch immer an ihrem Tisch. Als sie aufsah, winkte er ihr zu. Aber sie schien ihn nicht zu erkennen. Vermutlich wegen seiner neuen, ungewohnten Aufmachung, dachte er, oder es lag an der Dunkelheit des Raumes und der einbrechenden

Helligkeit draussen. Sie konnte ihn womöglich gar nicht sehen.

Der Autor hatte die Frau zuvor noch nie am Schreibtisch sitzend beobachtet, in dieser Versunkenheit. Wenn er sie in dem Raum über dem Wohnzimmer gesehen hatte, war sie meist hin- und hergegangen, hatte irgendwelche Sachen herumgeräumt, Papier in den Drucker gelegt, etwas eingescannt. Manchmal hatte sie kleine Bilder oder Ähnliches an die Wand gepinnt. Was es genau war, hatte er aus dieser Entfernung nicht sehen können. Eigentlich hatte er die Frau bisher fast nur unten im Wohnzimmer beobachtet. Wie sie mit dem Mann auf dem Sofa sass, mit ihm redete, fernsah, an der Bar in der Küche drüben etwas ass. Ihre Beziehung hatte immer gut ausgesehen, friedlich, nie problematisch, bis auf den einen nächtlichen Streit, den er in seinem Roman übertrieben gross dargestellt hatte. Dass die Kinder nur die Kinder des Mannes waren, hätte er nie gedacht. Die Frau hatte mit den Kindern oft Brettspiele am Esszimmertisch gespielt oder ihnen aus Büchern vorgelesen, auch wenn der Mann nicht dabei gewesen war. Die Frau war ihm immer wie die Mutter der Kinder erschienen, ihre richtige Mutter.

Miriams Finger bewegten sich mit grosser Geschwindigkeit über die Tastatur. Sie berührten sie kaum. Ihre Finger flogen. Als sie den Text zum ersten Mal abspeicherte, hatte sie schon über 3000 Wörter geschrieben, und sie spürte, dass das erst der Anfang war, der Anfang einer Geschichte, die sie in dieser Nacht nicht würde fertigschreiben können.

Sie blickte für einen kurzen Moment zum Haus hinüber und entdeckte den Autor, der mit nassen Haaren in einem roten Holzfällerhemd am Fenster stand. Erstaunt stellte sie fest, dass er sich den Bart abrasiert hatte. Er sah mit einem Mal sehr jung aus, als ob er noch zur Schule gehen würde, wie die Schüler, die zu ihr in die Mediothek kamen. Sie stellte sich vor, dass er zu jener Sorte Schüler gehörte, die sich Bücher ausliehen und ganze Stapel davon mit nach Hause nahmen. Aber er schlenderte geradewegs an den vollen Regalen vorbei und steuerte auf die Sofas zu, auf denen schon eine ganze Truppe Jugendlicher sass, die auf ihre Smartphones starrten. Er passte nicht zu ihnen mit seinem Holzfällerhemd, ein Nerd, der nicht auf sein Äusseres achtete, auf die herrschenden Modeströmungen. Aber den Jugendlichen schien das egal zu sein. Sofort tauschten sie sich mit ihm aus, über das, was sie sich ansahen, und irgendwann kramte der Autor sogar selbst ein Handy aus der Gesässtasche seiner engen Jeans hervor. Unbemerkt stellte Miriam sich hinter ihn. Sie wollte herausfinden, was er sich ansah und worüber er sich mit den Jugendlichen unterhielt. Aber auf einmal war sie unsäglich müde. Sie konnte kaum mehr die Augen offen halten. Es war ihr unmöglich, auf dem Display etwas zu erkennen, ein Bild oder gar eine Schrift. Sie erkannte nur ein flackerndes Blaulicht, das sich rhythmisch und in regelmässigen Abständen über den Bildschirm bewegte.

Als Miriam die Treppe hinunterging, um sich einen Kaffee zu machen, der sie wieder wecken sollte, spürte sie, dass István bereits aufgestanden war. Sie suchte ihn in der Küche und im Wohnzimmer und entdeckte ihn endlich draussen auf der Terrasse. Er sass, ihr den Rücken zugekehrt, auf einem der Gartenstühle und rauchte.

Sie holte ihren Mantel und setzte sich neben ihn.

»Wo warst du?«, fragte er mit rauer Stimme. »Warum schläfst du in deinem Büro?«

»Im Literaturhaus«, antwortete Miriam. »Rita hat mich eingeladen, mit den beteiligten Autoren noch etwas zu trinken. Wir waren im Goldenen Hahn. Es ist sehr spät geworden. Ich wollte dich nicht wecken.«

»Hast du meine Nachrichten nicht gelesen?«

Miriam erschrak, sie hatte komplett vergessen, nochmals auf ihr Handy zu schauen.

»Nein«, sagte sie.

»Irén liegt auf der Intensivstation.«

Miriam sah zu ihren nackten Füssen, kniff die Zehen zusammen und liess sie langsam wieder los.

»Sie ist mit ihrem Auto verunfallt.«

Miriam schaute zum Himmel. Der Mond war nur noch ein unscheinbares, kaum entzifferbares Zeichen.

»Die Kinder sind jetzt hier«, sagte István, und Miriam spürte, wie er sie von der Seite her ansah.

Das Treffen

Langsam zog sie sich aus, legte ihre Kleider auf einen Stein und stieg ins Wasser. Sie schwamm weit hinaus und spürte die Kraft ihrer Arme. Sie hatte Zeit. Sie war noch viel zu früh. Es war beruhigend, die Weite des Wassers vor sich zu haben, eine leere Fläche, die alles offenliess. Sie atmete den Geruch des Sees ein, betrachtete das Spiel des Lichts auf dem Wasser, die winzigen Häuser am anderen Ufer, die Hügelkette dahinter. Mit ruhigen Zügen bewegte sie sich vorwärts und zerschnitt das Wasser mit ihrem Körper.

In der Mitte des Sees drehte sie sich um und schwamm wieder zurück. Ihr Blick glitt über die Uferpromenade, die grossen Steine, die Bäume, die flanierenden Menschen, die gelben Sonnenschirme des Restaurants, in dem Gäste, über kühle Getränke gebeugt, an kleinen Tischen sassen.

Er war schon da. Sie erkannte ihn an seiner Haltung, die sie an die Haltung ihres Vaters auf den Fotos erinnerte. Sie hatte etwas Legeres, beinahe Dandyhaftes. Zwischen den weitgespreizten Beinen hielt er eine Zigarette.

Sie stieg aus dem Wasser. Die Sonne stand schon tief über der Krete. Die Bäume warfen lange Schatten auf den Rasen der Parkanlage. Fröstelnd nahm sie das Badetuch aus ihrer Tasche, die sie auf einem Stein am Ufer zurückgelassen hatte, und wickelte es um ihre Schultern.

Sie ging hinüber zum Toilettenhäuschen. Kaum hatte sie die Tür hinter sich geschlossen, öffnete sie sie wieder. Die Beleuchtung funktionierte nicht. Die Glühbirne lag in Scherben auf dem Boden. Sie legte ihr Tuch auf den Spülkasten und zog den Badeanzug aus. Zerknittert und klein fielen ihre Brüste aus den Körbchen. Die Brustwarzen eingedrückt, als würden sie sich in sich selbst verkriechen. Mit dem Badetuch rieb sie sich trocken. Die Arme, die Beine, die Schamhaare, die bereits ein wenig ergraut waren. Ein rissiges Stück Seife, das auf dem Rand des Waschbeckens lag, fiel zu Boden. Sie erschrak. Schnell zog sie ihre Hose und ihren Pullover über. Dann hob sie die Seife auf, spülte die Glassplitter ab, die an ihr klebten, und legte sie zurück auf den Rand des Beckens.

Sie musste an die Kraft denken, mit der ihr Vater sie als Kind geschlagen hatte, wenn sie etwas liegengelassen hatte. Ein Stück Papier auf dem Boden, eine vergessene Serviette auf dem Esstisch, ein paar Handschuhe am falschen Ort. Das hatte genügt.

Mit einer heftigen Bewegung fegte sie die Seife wieder vom Waschbecken.

Dann trat sie aus dem Häuschen und blieb stehen, geblendet vom Licht. Sie sah auf ihre Uhr. Jetzt war sie zu spät.

Sie hörte das Knirschen des Kieses unter ihren Schuhen, nahm die viel zu langsame Bewegung ihrer Beine wahr. Ein Schritt. Und noch einer. Sie wollte sich beeilen. Aber sie konnte nicht. Sie konnte nicht schnell auf ihn zugehen.

Als sie beim Restaurant ankam, war sein Tisch leer. Er musste in der Zwischenzeit aufgestanden und weggegangen sein. Sie hatte ihn verärgert. Schon zweimal hatte sie dieses Treffen verschoben.

Auf seinem Stuhl lag eine Plastiktüte. Sie nahm sie in die Hand und öffnete sie. Eine Zeitung und eine Schachtel Aspirin lagen darin. Sie spürte, wie die Hitze in ihr Gesicht stieg. Er war zu diesem Treffen gekommen, obwohl er krank war.

Schnell setzte sie sich auf den zweiten Stuhl, dem seinen gegenüber. Vielleicht war er nur kurz weggegangen, um auf die Toilette zu gehen oder nach dem Kellner zu rufen.

Sie kämmte ihr Haar.

Sie holte die Schachtel mit den Fotos aus ihrer Tasche und stellte sie auf den Tisch. Sie betrachtete seinen Namen, den sie in grossen Druckbuchstaben auf die Rückseite geschrieben hatte: für Ramon.

Vielleicht konnte sie mit dem Namen beginnen. Vielleicht war das eine Möglichkeit.

Sie räusperte sich. Versuchte, innerlich zu sprechen. Aber es ging nicht.

Sie versuchte es noch einmal. Vergeblich.

Endlich fügten sich die Sätze aneinander: Sein Name war ein kurzer, gewöhnlicher Name, kaum der Rede wert. Kein Name wie deiner. Ein Name ohne Bedeutung. Er hatte nur ein Gewicht und eine Aussagekraft, weil er in eine Reihe gehörte, und allein in der Fortsetzung dieser Reihe lag seine Bedeutung und seine Aufgabe. Er enthielt ein ganzes Leben. Eine vollständige Zukunft. Der Name hatte in gusseisernen Lettern schon über dem Geschäft seines Vaters gestanden und über dem Geschäft seines Grossvaters und über dem Geschäft seines Urgrossvaters. Immer derselbe Name, von Vater zu Vater. Aber er *scherte aus* und übernahm das Geschäft nicht. Er heiratete eine Frau, die seinen Eltern nicht passte. *Eine aus reichem Haus, die nur Geld ausgeben kann. Keine Frau fürs Geschäft.* Sein Platz in der Reihe blieb fortan leer.

Sie beugte sich vor und strich ihre nassen Haare hinter die Ohren. Sie stellte sich Ramon vor, wie er dasass und ihr zuhörte. Er lächelte und nickte. Sie fuhr fort: Er machte keine Ausbildung. Die Lehre in einem Geschäft im *Welschland,* das die Eltern für ihn ausgesucht hatten, brach er ab. Zum Glück konnte er Auto fahren. Darum wurde er Privatchauffeur und später *Reisender,* Reisender für Tabakwaren.

Sie hielt inne. Sie wusste plötzlich nicht mehr weiter. Sie konnte sich an die Berufstätigkeit ihres Vaters nicht wirklich erinnern. Wie sollte sie davon erzählen? Schon als Kind hatte sie nur eine vage Vorstellung davon gehabt, was er arbeitete. Eigentlich erinnerte sie sich nur an sein Wegfahren. Frische Hemden im Koffer, die *Cuvetten* voller Tabakwaren verschiedener Marken zum Zeigen. Immer genug *Ware* dabeihaben. Sich den Mund *fusslig* reden. Überreden, überzeugen. *Ums Überleben reden,* hatte er manchmal gesagt. Die Musterkoffer umpacken. Mehrmals, bevor er abfuhr. *Alles an seinem Platz und alles an seinem Ort.* Am Montagmorgen losfahren, am Freitagabend heimkehren. *My home is my castle,* verkündete er, wenn er wieder daheim war, und verschlang einen Teller gehackte Zwiebeln zum Abendessen. *Die Zwiebel ist der Juden Speise, das Zebra sieht man stellenweise,* sagte er lachend und verströmte seinen Mundgeruch über den ganzen Tisch.

Sie hatte ihn vermisst als Kind, wenn er lange weggeblieben war, daran erinnerte sie sich plötzlich. Aber sie wusste nicht mehr, warum.

Sie winkte den Kellner heran und fragte nach der Weinkarte.

Der Kellner nickte und entfernte sich wieder.

Seine Pensionierung, fuhr sie fort, habe sie im Gegensatz zu seiner Berufstätigkeit klar vor Augen. Sie stand ganz in Farbe vor ihr, obwohl sie damals erst sieben Jahre alt gewesen war. Er bekam von seiner Firma *eine Schale* zum Dank für seine langjährige Tätigkeit. Ein grosser, runder Topf mit einer kleinen Palme darin. Rote Begonien und Veilchen mit blau gefärbtem Kies rundherum. Mit weissen Lettern schrieb er den Namen der Firma auf eine schwarze Magnettafel, darunter seinen Namen. Und: 40 Jahre. Er setzte sich mit der *Schale* und der Magnettafel auf einen Stuhl und liess sich von der Mutter fotografieren. Lächelnd sagte er, er sei stolz auf das, was er geleistet habe. *40 Jahre lang im Dienst derselben Firma. Ich habe meine Pflicht erfüllt.* Er sagte diesen Satz fortan jeden Tag. Beim Frühstück, beim Mittag- und beim Abendessen. Ohne den Satz konnte er nicht mehr anfangen zu essen.

Eines der Fotos liess er später vergrössern und hängte es an die Wohnzimmerwand, als würde es sich um eine Auszeichnung handeln. Mit dem Bild verschaffte er sich in seinem Haus den Ehrenplatz, den man ihm in der Firma nicht hatte einräumen wollen.

Seinen Firmenwagen fuhr er nach der Pensionierung weiter. Er sagte, er habe ihn der Firma zu *günstigen Konditionen* abgekauft. Sie fuhren mit diesem *ehemaligen Firmenauto* in seinen *ehemaligen Gebieten* in die Ferien. Der Vater, die Mutter und sie. Zusammen besuchten sie seine *ehemaligen Kunden* und wohnten in seinen *ehemaligen Hotels.* Er war dann wie verwandelt, machte Witze mit den Kellnern, war locker und entspannt. Er lachte viel, sogar über sich selbst. Wenn sie das teuerste Essen auf der Speisekarte bestellte, sagte er nichts. Er bezahlte, was sie sich wünschte. Wenn sie ein Gericht mit einem fremdländischen Namen bestellte, das sie nicht kannte, lobte er sie. Man reservierte ihnen die besten Zimmer im Hotel und gab ihnen Ausflugstipps. Der Gerant setzte sich am Abend zu ihnen an den Tisch.

Wenn sie mit ihm während dieser Ferienaufenthalte seine ehemaligen Kunden besuchte, bekam sie in jedem Geschäft ein Geschenk: Süssigkeiten, Comicheftchen oder farbige Pfeifenputzer, mit denen sich Tiere formen liessen. Wenn ein Kunde sagte, wie schön, dass dein Grossvater dir etwas kauft, korrigierte er ihn.

Sie liebte den starken Tabakgeruch in diesen Geschäften und die wohlwollende Aufmerksamkeit, die ihr von den Verkäuferinnen zuteilwurde. Auf den Fahrten vom einen Geschäft zum anderen sang sie oft laut.

Nach der Rückkehr aus einem dieser Ferienaufenthalte bekam sie von ihrem Vater ein Kaninchen geschenkt. Es hockte still in einem Schuhkarton, der mit Heu ausgepolstert war. Ihr Vater übergab ihr das Kaninchen ohne Begründung. Es war weder ein Geschenk zu Weihnachten noch zu ihrem Geburtstag. Es war ein Geschenk einfach so. Zögernd bedankte sie sich bei ihm und gab ihm die Hand. Sie nahm das Kaninchen aus seinem Karton und setzte es in einen Waschzuber neben ihr Bett. Sie beobachtete es. Geduckt sass es im Stroh. Sie hob es hoch und streichelte es. Sie spürte sein Herz unter dem Fell schlagen.

Verwundert stellte sie fest, dass ihr Vater es fütterte, wenn sie nicht zu Hause war. Es sass auf seiner

Hütte und knabberte an einer Karotte oder an frischem Löwenzahn, wenn sie von der Schule heimkam. Hörte es die Schritte ihres Vaters, stellte es sich auf seine Hinterpfoten und hob seine Ohren.

Als der Kellner mit der Weinkarte kam, blickte sie kurz auf die Auswahl und bestellte ein Glas Chardonnay. Sie sah sich um, konnte Ramon aber noch immer nicht entdecken. Weder zwischen den Gästen unter den Sonnenschirmen noch drüben bei den Parkplätzen. Vielleicht war er doch weggegangen. Vielleicht war er zu krank, um sie zu treffen, oder er war verärgert gewesen über ihre Verspätung und hatte die Plastiktüte ganz einfach vergessen.

Sie wartete.

Ihre Hände fuhren über die Schachtel mit den Fotos.

Endlich konnte sie weitererzählen: Der Vater fuhr irgendwann nicht mehr weg, sagte sie. Er *reiste* nicht mehr. Er *betätigte* sich nur noch in Haus und Garten. In einer grossen Aktion strich er das Garagentor frisch, reparierte den Gartenzaun und putzte sorgfältig und gründlich alle seine Schuhe. Einmal wöchentlich fuhr er mit dem Wagen auf den Engrosmarkt und kaufte kistenweise Gemüse ein. Tomaten, Peperoni, Zucchini und Auberginen. Er versorgte die Familie, als würde es sich um ein Geschäft handeln, obwohl sie nur zu dritt waren.

Im Garten pflückte er die Äpfel von den Bäumen und schnitt den Rasen, die Büsche, die Blumen. Er jätete das Unkraut, das sich zwischen den Plattenwegen breitmachte, zog jedes Gras aus dem Boden und verstrich die Ritzen mit Mörtel. Er tat alles mit grosser Gründlichkeit. Er wollte nicht, dass etwas nachwuchs. Nach der Gartenarbeit war er erschöpft. Aber er war stolz darauf, erschöpft zu sein. Er machte einen Mittagsschlaf und ging danach wieder in den Garten.

Arbeitete er nicht im Garten, las er Geschichtsbücher über den Krieg oder schaute fern. Wenn er fernsah, schaute er sich das ganze Programm an. Selbst die Kindersendungen. *Pan Tau* oder *Dominik Dachs und die Katzenpiraten.* Sämtliche Sendungen über Hunde, Kaninchen und Pferde, über die Schildkröten auf den Galapagosinseln, die Korallen am Great Barrier Reef. Wenn sie von der Schule heimkam, setzte sie sich zu ihm ins Wohnzimmer und schaute mit. Sie fühlte sich wohl hinter ihm auf dem Sofa in der Dunkelheit. Wenn die Mutter sie hinaus an die Sonne schicken wollte, widersetzte sie sich.

Als der Kellner mit dem Wein kam, den er in einer kleinen Karaffe servierte, sagte sie, sie habe sich umentschieden: Sie wolle nur ein Wasser. Ein ganz normales Wasser ohne Gas. Es war ihr plötzlich wichtig, nicht wie eine Trinkerin zu erscheinen.

Der Kellner nickte nur, hob das Tablett wieder hoch und entfernte sich.

Wahllos zog sie ein paar der Bilder aus der Schachtel. Auf einem posierte ihr Vater vor einem grossen schwarzen Auto. Die Arme verschränkt, den Hut in den Nacken geschoben. Er lachte. So hatte sie ihn nie gekannt, so überlegen. Er war ihr immer klein vorgekommen und alt. Selbst wenn er sie geschlagen hatte, war er ihr klein vorgekommen.

Sie machte immer das Gegenteil von dem, was er von ihr verlangte. Es war wie ein Zwang. Befahl er ihr, sich zum Essen an den Tisch zu setzen, blieb sie in ihrem Zimmer. Wenn sie in ihrem Zimmer bleiben sollte, ging sie hinaus in den Garten. Wenn sie im Garten Johannisbeeren pflücken sollte, schlich sie weg zu den Nachbarskindern. Er nannte sie den *Geist, der ständig widerspricht,* oder das *schwarze Schaf* der Familie. Später erfuhr sie, dass ihn seine eigenen Eltern als Kind auch so genannt hatten.

Nie verstand sie, was er von ihr wollte. War sie da,

sprach er nicht mit ihr, war sie nicht da, schrie er nach ihr. Um seinen Schlägen zu entkommen, sperrte sie sich im Klo ein. Sie sass auf dem Boden und presste ihre ausgestreckten Beine gegen die Tür. Sie hörte seinem Toben zu und der nicht enden wollenden Reihe von Schimpfwörtern, die auf sie niederprasselten. Dazwischen das Hämmern seiner Fäuste gegen die Tür. Sie hatte Angst, dass er sie einschlagen würde.

Wenn er sich wieder beruhigt hatte, stieg sie aus dem Fenster. Sie floh vor ihm. In den Garten. Zu den Nachbarn. In die Schule. In den Wald. Oft kehrte sie erst nachts wieder heim.

Der Kellner stellte das Fläschchen mit dem Wasser und ein Glas vor sie hin und legte die Quittung dazu. Er schenkte ihr nicht ein. Vermutlich wollte er sie strafen für ihre Unentschlossenheit, für seinen vergeblichen Gang, den sie verursacht hatte. Sie war sicher, er wäre froh, wenn sie bald gehen würde. Aber jetzt wollte sie nicht mehr gehen. Sie sprach einfach weiter.

Nach der Gartenarbeit und vor dem Abendessen duschte der Vater und *genehmigte* sich danach einen Whisky. Mit dem Whiskyglas in der Hand legte er sich ins Bett und stellte den Wecker. Nach einer Stunde stand er wieder auf und machte sich fertig für das Abendessen. Während er auf das Abendessen wartete, *genehmigte* er sich einen zweiten Whisky und dann noch einen. *Le voglie in piccoli dosi,* sagte er beim Essen und verdünnte den Wein jeweils mit Mineralwasser. Aber er trank auch so zu viel.

Wenn die Mutter am Donnerstagabend zum Turnverein ging, stellte er die Weinflasche neben seinen gelben Sessel auf den Boden, um nicht jedes Mal aufstehen zu müssen, wenn sein Glas wieder leer war. Er geriet dann ins Reden und erzählte Geschichten. Es waren immer dieselben. Am liebsten erzählte er von der Tochter seines Patrons und vom *Holzcholi*.

Die Tochter des Patrons spielte zu der Zeit, als er noch Privatchauffeur gewesen war. Die Tochter seines Patrons war von Kidnappern entführt worden, und er half bei der Suche. Er fuhr durch die halbe Schweiz, jedem Hinweis folgend. Er suchte sogar planlos in irgendwelchen Wäldern, obwohl das aussichtslos war. Nach zwei Wochen musste er seinen Patron und dessen Frau zu einer Wahrsagerin fahren. Die Wahrsagerin hielt ihre Hände über die Hände der Mutter und erklärte, dass sie *keine Strahlung* von dem Kind mehr erhalte. Es müsse tot sein. Dann nannte sie den Ort, wo das Kind zu finden sei. Den Angaben der Wahrsagerin folgend, fand ihr Vater die Tochter seines Patrons auf einer Müllhalde in einem *Emballagesack*. Damit habe er sich das Vertrauen und die Anerkennung seines Patrons verschafft, sagte er jedes Mal am Ende dieser Geschichte. Sein Patron habe ihn in der Folge zum Vertreter und später zum Prokuristen ernannt. *Die Entführung der Tochter seines Patrons* sei der Anfang seiner Karriere gewesen.

Sie fragte sich am Ende dieser Geschichte jedes Mal, ob er nach ihr auch suchen würde, sollte sie einmal verschwinden.

Die Geschichte vom *Holzcholi* war eine ganz andere Geschichte, aber nicht weniger traurig. Der *Holzcholi* war der Geschäftswagen ihres Vaters gewesen, den er während des Krieges zu einem Holzvergaser hatte umbauen lassen, weil das Benzin rationiert gewesen war. Mit dem *Holzcholi* habe er seine Kunden besucht und während seines Aktivdiensts die Offiziere herumgefahren. Das sei sein *Dienst* gewesen, meinte er. Mit dem *Holzcholi* habe er auch Waren bei den Bauern gekauft und an die Offiziere und an andere Leute weiterverkauft. Es habe eine grosse Nachfrage gegeben. Er habe auch die *Katzen der Offiziere* herumgefahren mit dem *Holzcholi,* sagte ihr Vater und lachte jedes Mal an dieser Stelle. Er habe alles Mögliche herumgefahren. Er sei daran gewöhnt gewesen, *hohe Tiere* herumzufahren. Das habe er als *Privatchauffeur* gelernt. Man habe gewusst, dass er die richtigen Umgangsformen beherrschte. Manchmal habe er mit dem *Holzcholi* auch Offiziere an die Grenze gefahren, sagte er. Er musste warten auf sie. Oft stundenlang. Während er wartete, sah er einige Male, wie man Flüchtlinge zurückschickte an der Grenze. Sie trugen nur ganz kleine Koffer, so als würden sie in die Ferien fahren. Sie standen da und schauten zu ihm herüber. Er wollte wegfahren, aber er musste auf die Offiziere warten, die hinterher zum Tanz wollten oder sonst irgendwohin. Er durfte nicht wegfahren. *Er musste sich das alles ansehen.*

Ihr Vater erkundigte sich nie nach ihren Geschichten, nach der Schule oder nach ihren Freundinnen. Er fragte nicht: Was machst du den ganzen Tag? Was lernst du? Die Welt, in der sie lebte, existierte für ihn nicht. Er lebte nur in der Vergangenheit. In einer Zeit, die für sie weit weg lag. Er lebte noch immer im Krieg und arbeitete für seinen Patron, obwohl ihn die Brüder der Tochter des Patrons längst in Pension geschickt hatten.

Jeden Tag sprach er vom Krieg und von all den Kriegen, die er am Fernsehen sah. Politiker nannte er *Bluthunde.* Die Welt war voll von ihnen. Er wartete auf den Dritten Weltkrieg und forderte sie schon als kleines Kind auf, später keine Kinder zu bekommen. Er erklärte ihr, er habe mit Absicht keinen Luftschutzkeller einbauen lassen in das Haus, in dem sie wohnten, obwohl er von der Gemeinde dazu aufgefordert worden war. Er habe zwei Weltkriege erlebt und wolle einen dritten nicht mehr überleben. Er sagte, er hasse Gewalt, Waffen und das Militär.

Den Diamant-Feierlichkeiten blieb er fern, obwohl er als Soldat, der an der Mobilmachung teilgenommen hatte, geehrt worden wäre. Er verfolgte den Anlass nur am Fernsehen. Als sie ihn dabei einmal beobachtete, sah sie, wie er seinen Hals reckte und eine militärische Haltung einnahm.

Sie trank einen Schluck Wasser und noch einen. Sie spürte, wie ihr plötzlich heiss wurde, obwohl die Sonne jetzt weg war. Sie legte das Wasserglas für einen Moment an ihre Wange. Das kühlte. Dann fuhr sie fort: Fast jede Woche ging er an eine Beerdigung. Immer wieder starb einer seiner *ehemaligen Kunden* oder einer seiner *ehemaligen Schulkameraden.* Er trug dann seine *Kleidung.* Hatte sie keine Schule, nahm er sie mit. Er wollte, dass sie mit ihm zusammen Abschied nahm von den Toten. Wenn sie sich sträubte, vor den geöffneten Sarg zu treten, zog er sie an der Hand mit sich.

Auch in den Sarg des *alten Nazis* musste sie schauen. Es war ein ehemaliger Kunde von ihm. *Der alte Nazi* trug mitten im wächsernen Gesicht einen weissen, viereckigen Schnurrbart. Sie wunderte sich, dass ihr Vater vor ihm die gleiche Demut zeigte wie vor allen andern Toten. Er stand da, seinen Hut gegen die Brust gedrückt, und verneigte sich. Es lag Grösse darin, allen Toten gegenüber so respektvoll zu bleiben, dachte sie und nahm sich vor, dem Vater gegenüber auch respektvoll zu sein, wenn er einmal tot war.

Ein Jahr nach seiner Pensionierung suchte er wieder eine Arbeit. *Wegen des Geldes.* Er half einem Freund, der ein Tabakwarengeschäft besass, im Magazin. Das Magazin lag tief unter dem Boden des Hauptbahnhofs. Am Esstisch rechnete er der Mutter vor, wie viel er verdienen würde. Es war wenig, aber er durfte so viel Pfeifentabak und Zigaretten aus den Regalen nehmen, wie er wollte. Einen Teil nehme er für sich, sagte er, und den Rest verschenke er an *einfache Arbeiter.* Er mochte *einfache Arbeiter.* Er begegnete ihnen in den labyrinthischen Gängen unter dem Boden des Hauptbahnhofs. Bahnarbeiter, Putzpersonal, Kioskverkäuferinnen und andere Magaziner. Als sie ihm während der Schulferien einmal beim *Inventieren* half, war sie erstaunt, wie viele Leute ihren Vater kannten. Er wurde von allen Seiten gegrüsst. Er trug jetzt einen blauen Kittel bei der Arbeit, kein Hemd mehr und keine Krawatte. In den Pausen las er den *Blick*. Oft nannte er sich jetzt selber einen *einfachen Arbeiter*. Er war definitiv kein Reisender mehr. Unter den *einfachen Arbeitern* fühle er sich wohl, sagte er oft.

Damals glaubte sie, dass noch alles gut kommen könnte. Aber als sie älter wurde, machte er ihr ständig Vorschriften. Er sagte ihr, wie sie sich kleiden solle und wie sie sich zu benehmen habe. Er warf ihr vor, in *Sack und Asche* zu gehen, weil er nicht verstand, was ein *Freak* war. Er kaufte ihr einen Ladyshave, damit sie sich die Haare an den Beinen und unter den Armen rasieren konnte. Er empfahl ihr, beim Schwimmen einen schwarzen Badeanzug zu tragen. Er schickte sie zum Coiffeur, um ihr einen *Bubikopf* schneiden zu lassen. Als sie sich weigerte, meinte er: So wirst du nie einen finden.

Dauernd äusserte er seine veralteten Ideen und Weltvorstellungen und beharrte auf ihnen. Er wusste immer, was für sie gut war und was nicht. Jede Diskussion würgte er mit der Aussage ab: Wer zahlt, befiehlt. Dass sie nicht Sekretärin werden wollte und auch nicht Bankangestellte, wie er es wünschte, war für ihn *eine Enttäuschung*. Er wollte ihr verbieten, aufs

Gymnasium zu gehen. Er realisierte nicht, dass man eine Tochter nicht mehr so erziehen konnte. Er machte sich lächerlich. Nicht nur vor ihr, auch vor den Lehrern, die sich für sie einsetzten.

Als sie ihm sagte, dass sie einen Freund habe, nannte er sie eine *Hure* und schlug auf sie ein. Zum ersten Mal in ihrem Leben schlug sie zurück. Sie spürte, wie er zusammenzuckte, als sie ihn am Arm traf. Danach schlug er sie nie wieder. Er schrie sie nur noch an und drohte ihr mit dem Küchenmesser, wenn er wütend war.

Sie lernte, auch damit umzugehen.

Sie sagte ihm offen den Kampf an.

Obwohl er ihr den Umgang mit ihrem Freund verboten hatte, ging sie fort, wann sie wollte, und kam heim, wann sie wollte. Sie sprach nicht mehr mit ihm und bat ihn auch nicht mehr um Geld. In den Schulferien arbeitete sie in einem Supermarkt an der Kasse, in einer Fabrik oder putzte Büros.

Als er sie wieder einmal anschrie, weil sie zu spät nach Hause gekommen war, bekam er eine Herzattacke. Er sackte von einer Sekunde auf die andere zusammen und konnte nicht mehr sprechen. Langsam glitt er vor ihr zu Boden. Sie wusste: Jetzt hatte sie ihn endgültig besiegt. Am nächsten Tag verbot er ihr das

Haus. Er sagte, er ertrage ihren Anblick nicht mehr, sie solle verschwinden. Sie entgegnete nichts, packte ihre Sachen und ging. Sie hatte sowieso längst gehen wollen.

Ein Jahr später ging auch ihre Mutter, weil sie *nicht mehr konnte.*

Ihr Vater war jetzt schon beinahe achtzig und musste noch einmal ganz von vorn beginnen. Er musste *in seinem Alter* noch lernen, die Waschmaschine zu bedienen und einfache Gerichte zu kochen. Er musste von einem Tag auf den andern lernen, einen Haushalt zu führen.

Nach einem längeren Auslandsaufenthalt besuchte sie ihn ab und zu wieder. Die Distanz war nun gross genug. Sie dachte, es sei ihre Pflicht, ihren alten Vater zu besuchen, der jetzt allein wohnte. Dass er ihr das Haus verboten hatte, erwähnten sie beide nicht mehr. Sie bemerkte die Flecken auf seinen Kleidern, sein schlecht rasiertes Gesicht und die Unordnung im Haus. Sie besuchte ihn öfter. Sie sah nach dem Rechten. Sobald er sie anschrie und beleidigte, verliess sie das Haus. Als sie ihren Freunden von seinem Vorschlag erzählte, bei ihm zu wohnen und ihn zu versorgen, lachten sie laut.

Sie putzte die Küche und legte seine Wäsche zusammen. Sie bündelte die alten Zeitungen und entsorgte Essensreste aus dem Kühlschrank. Wenn er redete, hörte sie ihm nur mit halbem Ohr zu. Als er ihr sagte, dass er sich habe umbringen wollen, reagierte sie nicht. Er habe sich in der Garage ins Auto gelegt und den Motor laufen lassen, erzählte er. Er habe ewig lange gewartet. Aber dann sei ihm schlecht geworden und er sei *auf allen vieren* aus dem Auto gekrochen. Er habe es nicht geschafft. Als er fertig war mit Erzählen, lächelte sie nur müde. Kurz darauf schrie er sie wieder an.

Sie war froh, dass sie nur ein Wasser bestellt hatte und keinen Wein. Sie spürte auch so die Hitze in ihrem Gesicht. Sie wäre versucht gewesen, ein weiteres Glas Wein zu bestellen und noch eines. Sie hätte sich nicht zurückhalten können.

Eines Nachts rief man sie aus dem Krankenhaus an. Man sagte, sie solle kommen: ein Notfall, Herzinfarkt. Sie lag in den Armen eines Mannes, den sie gerade erst kennengelernt hatte. Nur widerwillig stieg sie aus dem Bett und fuhr ins Spital. An der Rezeption liess sie sich seine Zimmernummer geben.

Während sie das Zimmer suchte, überlegte sie, ob sie wieder umkehren sollte. Dann trat sie ein. Eine junge Pflegerin stand neben ihrem Vater und fühlte seinen Puls. Statt einer Begrüssung sagte er: *My time is running out.* Aber sie wusste, dass das nichts zu bedeuten hatte. Er hatte diesen Satz schon gesagt, als sie noch ein Kind war. Als die Pflegerin das Zimmer verliess, um etwas zu holen, stand sie auf, blickte ihm in die Augen, verabschiedete sich und fuhr wieder nach Hause.

Wenigstens schrie er sie jetzt nicht mehr an, wenn sie ihn besuchte. Er war still geworden während der Wochen im Krankenhaus. Nur ein einziges Mal erlebte sie noch, wie er sich aufbäumte: Als er Rückenschmerzen hatte und ihm das Pflegepersonal des Spitals keine Turnmatte geben wollte, legte er sich einfach mitten in der Eingangshalle auf den Teppich und fing an seine Übungen zu machen. Zwei Pfleger versuchten, ihn wegzutragen. Er war jetzt nur noch ein Fliegengewicht. Als sie zufällig vorbeikam, liessen sie ihren Vater los und entschuldigten sich. Wie ein kleines Kind lag er vor ihr in der Eingangshalle. Seine dünnen Arme und Beine nur mit Unterwäsche bedeckt. Er fing an sich rhythmisch zu bewegen. Hin und her. Sein Anblick hatte etwas Aufreizendes.

Vom Krankenhaus brachte man ihn direkt in ein Pflegeheim. *Es geht nicht mehr zu Hause,* sagte man zu ihr, und er willigte ein, dass man ihn *abschob.* Es war ein sehr schönes und modernes Heim. Es gab verschiedene Therapieangebote und eine Cafeteria, die jeden Nachmittag geöffnet war. Die Zimmer verfügten über Balkone mit Seesicht. Auf jedem war ein Sonnenschirm aufgespannt wie ein kleines, aufgeblähtes Segel.

Er sitze den ganzen Tag in seinem Zimmer, sagte er zu ihr, als sie ihn besuchte. Er lese nicht mehr und sehe auch nicht mehr fern. Zweimal am Tag gehe er mit dem Rollator zum Wasser, setze sich auf eine Parkbank, rauche eine Pfeife und schaue auf den See hinaus. Wenn es regne, setze er sich in das Wartehäuschen an der Schiffsanlegestelle, das auch an kalten Tagen geheizt werde. Im Wartehäuschen sei es halbwegs erträglich.

Nur selten erwachte seine alte Sprachkraft wieder für einen kurzen Moment. Er nannte das Heim dann *Sterbebunker* und das Personal *Totengräber*. Darüber staunte sie jetzt manchmal, über seine Sprachkraft. Wenn er laut wurde, wies sie ihn nicht mehr zurecht. Nur wenn sich seine Ausfälle gegen sie richteten. Sie verliess das Heim dann sofort. Auch seine nächtlichen Anrufe gewöhnte sie ihm ab. Sie hängte einfach den Hörer auf, wenn er sie anrief.

Als er im Sterben lag, sass sie an seinem Bett und las die Zeitung. Sie langweilte sich. Trotzdem kam sie jeden Tag. Sie beobachtete ihn. Sie wartete. Sie wusste nicht, worauf. Manchmal nahm sie seine Hand, die vom Bettrand gefallen war, und legte sie zurück auf seinen Bauch. Sonst berührte sie ihn nicht. Sie konnte ihm auch die ausgetrockneten Lippen nicht befeuchten. Sie überliess alles den Pflegerinnen. Selbst mit einem Wattestäbchen konnte sie ihn nicht berühren. Sie schämte sich für ihre Teilnahmslosigkeit, aber es gelang ihr nicht, daran etwas zu ändern. Sie konnte den Pflegerinnen nicht sagen, dass sie froh war, wenn er bald starb.

Kurz vor seinem Tod erwachte er noch einmal, richtete sich auf und sah sie mit klaren, hellen Augen an. Er sagte ihr, er wünsche sich, dass sie ihm eine Schachtel mit Fotos bringe, und erklärte ihr, wo sie sich befand.

Die Schachtel stand genau an dem Ort, den er beschrieben hatte: hinter einer Kiste auf dem Dachboden des Hauses, in dem sie gewohnt hatten und das jetzt leer stand. Als sie den Karton aufmachte, sah sie, dass auf den meisten Bildern ein junges Mädchen abgebildet war. Es war schlank und sehr elegant gekleidet. Auf einer Skipiste war es in Keilhosen zu sehen, auf dem Kopf eine weisse Mütze mit Bommel. Im Schwimmbad sprang es in einem schwarzen Badeanzug von einem hohen Sprungturm. Es ritt in Cowboystiefeln auf einem kleinen gefleckten Pferd. Es sass in einem Blumenkleid vor einem Geburtstagskuchen mit brennenden Kerzen. Es hielt ein Kaninchen auf seinen Knien und lächelte in die Kamera. Es trug auf allen Bildern kurze Haare, einen Bubikopf.

Sie wusste sofort, wer dieses Mädchen war: Ihr Vater hatte schon einmal eine Tochter gehabt, als er noch sehr jung gewesen war. Bei der Scheidung hatte sie sich auf die Seite der Mutter gestellt und sich mit ihm zerstritten. Er hatte sie nie wiedergesehen. Die Briefe, die er ihr geschickt hatte, kamen alle ungeöffnet zurück. Sie waren *refüsiert* worden.

Ihr Vater sah die Bilder nur flüchtig an, als sie sie ihm ans Bett brachte. Er schien sie alle zu kennen. Er nahm sie in die Hand, hielt sie kurz vor seine trüben Augen und legte sie wieder zurück in die Schachtel. Er habe *Kalbereien* gemacht in seinem Leben, sagte er. Aber es war nicht wirklich eine Entschuldigung.

Am nächsten Tag war ihr Vater tot.

An seiner Beerdigung sah sie ihre Halbschwester zum ersten Mal in ihrem Leben. Es war eine ältere Dame mit grauen Haaren und einem grossen, traurigen Mund. Während des Leidmahls setzte sie sich bewusst neben sie. Sie wollte sie kennenlernen. Aber das Gespräch stockte immer wieder, und die meiste Zeit sassen sie stumm nebeneinander und assen, was ihnen aufgetischt wurde. Sie erfuhr nur, dass ihre Schwester zwei Töchter hatte, die beide im Ausland lebten, und einen Sohn, der Assistenzarzt im örtlichen Spital war. Neben der Hausarbeit half sie ihrem Mann im Dachdeckergeschäft, für das sie die Buchhaltung machte. Sie hätte ihre Schwester gern gefragt, warum sie die Briefe ihres Vaters damals ungeöffnet zurückgeschickt habe, aber sie getraute sich nicht. Sie kannten sich nicht, und sie war jung und die andere um so vieles älter.

Ein- oder zweimal träumte sie noch von diesen Briefen. Es waren dicke Briefe, die fast aussahen wie Pakete. Ihr Vater musste dieser Tochter sehr viel zu sagen gewusst haben, dachte sie. Ganze Erzählungen.

Dann vergass sie ihre Halbschwester wieder. Obwohl sie es sich nach der Beerdigung fest vorgenommen hatte, rief sie nie an und schrieb ihr auch nicht. Sie wusste nicht, wie sie das Gespräch hätte beginnen können oder was sie hätte schreiben sollen. Sie waren sich fremd. Dazu kamen Erbschaftsgeschichten, die unschön verlaufen waren.

Als sie wegen einer geringfügigen Operation ins Krankenhaus musste, begegnete sie einem Arzt mit dem Nachnamen ihrer Halbschwester. Sie konnte den Namen auf dem Schild an seinem Kittel lesen. Während der ganzen Untersuchung suchte sie in seinem Gesicht nach Ähnlichkeiten mit ihrer Schwester. Sie verglich die Augenfarbe und die Art seiner Haare. Als sie ihn endlich fragte, antwortete er, dass er tatsächlich ihr Sohn sei, und sie bat ihn, seine Mutter zu grüssen. Aber sie getraute sich nicht, ihm Fragen zu stellen. Sie sprachen nur über das Spital und über ihre Krankheit und über Belanglosigkeiten. Zum Abschied gab er ihr die Hand und sagte, dass es schön gewesen sei, sie kennengelernt zu haben. Vielleicht könne man sich ja einmal in einem anderen Rahmen treffen.

Als Ramon vor ihrem Tisch auftauchte, erschrak sie. Es war nicht nur dieselbe Haltung, es waren auch dieselben blauen Augen, dieselben krausen Haare, wie sie sein Grossvater gehabt hatte. Im Krankenhaus war ihr die Ähnlichkeit gar nicht aufgefallen. Sie musste sich versteckt haben unter dem weissen Spitalkittel.

Er gab ihr lächelnd die Hand und entschuldigte sich für sein Wegbleiben. Er habe Zigaretten geholt am Kiosk.

Dann setzte er sich und winkte den Kellner herbei. Er bestellte Weisswein und Chips, öffnete das Zigarettenpäckchen und zündete sich eine an. Er fragte nach ihrem Ergehen in den letzten Wochen nach ihrer Operation, und sie sagte, gut, sie habe nach kurzer Zeit wieder arbeiten können. Ihre Mitarbeiter hätten ihr sehr geholfen und sie in allem unterstützt.

Dann sah er die Fotos, die vor ihr in der geöffneten Schachtel lagen, und fragte: »Darf ich sie ansehen?«

»Ja«, sagte sie, »natürlich«, und schob sie ihm zu.

Er legte die Bilder auf dem Tisch vor sich aus und betrachtete sie lange. Dann sagte er: »Am meisten wundere ich mich darüber, dass meine Mutter nie etwas von ihrem Vater erzählt hat.«

Fireballs

Der Regen malte grosse, flache Sterne auf unsere Windschutzscheibe. Einen neben den andern. Und einen neben den andern, der wieder zerfloss. Keiner von uns sagte ein Wort. Nur einmal vernahm ich Nats Stimme, der leise die Sekunden zwischen Blitz und Donner zählte. Aber wir fürchteten uns nicht, nicht vor dem Blitz.

Nats rechte Hand löste sich vom Steuerrad und legte sich auf meine linke. Sie war feucht und klebrig. Ich fror und Nat schwitzte. Langsam drehte ich meine Hand und schob meine Finger zwischen die seinen. Ich drückte sie leicht und spürte, wie Nat mit derselben Stärke zurückdrückte und wie etwas von unserer Anspannung durch unsere Finger entwich.

»Wenn das Gewitter vorüber ist, werden wir ihr Haus sehen«, sagte ich. »Wir werden endlich das Haus sehen«, wiederholte ich. Aber Nat antwortete nicht. Später streckte er seine Hand aus und zeichnete mit dem Finger die Umrisse eines Hauses auf die Windschutzscheibe. »Da«, sagte er, »da ist es.« Er hatte ein schönes, grosses Farmhaus gezeichnet mit einem ausladenden Dach und einer Scheune direkt daneben. Davor hatte er Hunde und Katzen und Kühe und ein Pferd mit einem sehr langen Schweif gemalt. »Sie sehen alle aus wie in *Robins Farmhaus*«, sagte ich, und Nat nickte zufrieden. Aus *Robins Farmhaus* hatte unsere Mutter immer vorgelesen, als wir noch klein waren.

Ich schloss die kleine Fensteröffnung neben mir. Der Regen prasselte seitlich gegen den Wagen. Nat wollte ihn schonen. Er sollte nicht nass werden. Er gehörte jetzt uns.

Dann hörten wir Trolley Fox. Das erste und das fünfte Lied des zweiten Albums und dann dreimal hintereinander *Never Sleep Too Soon*. Die Stimme von Ernestine Khane blieb im Inneren des Wagens gefangen. Sie raste gegen die beschlagenen Fenster und gegen den Regen und von da zurück zu unseren Ohren. Aber ich sagte nicht: Nat, mach die Musik bitte leiser, sie ist viel zu laut. Ich sagte nichts. Es war die Musik unserer Mutter, die früher unsere ganze Wohnung erfüllt hatte. Ich schloss die Augen und öffnete sie wieder. Ich bewegte meine tauben Füsse. Sie waren nackt bis auf den kleinen Ring an meiner mittleren Zehe, den ich nie abnahm, weil ich glaubte, das bringe Unglück – ein weiteres.

Nat griff nach seinem Rucksack auf dem Rücksitz. Er wühlte lange darin herum. Endlich zog er das Fernglas heraus und hielt es prüfend vor seine Augen. Er rieb mit seinem Jackenärmel über die Windschutzscheibe und sah mit dem Fernglas hindurch. Er rührte sich nicht. Ich folgte seiner Blickrichtung, aber da waren nur ein undurchdringliches Grau und die verworrenen Rinnsale auf der Scheibe des Wagens.

»Nat, man sieht nichts«, sagte ich. Langsam liess er das Fernglas wieder sinken, und für einen Moment tat er so, als wäre es ein Spielzeug. Er warf es von einer Hand in die andere, drehte es, wendete es und veränderte die Fokussierung, ohne noch einmal hindurchzusehen. Er knüpfte den Riemen an das Steuerrad, machte ihn wieder los, legte ihn sich um den Hals und zog mit beiden Händen daran, als wollte er sich erdrosseln. Er streckte die Zunge heraus und hustete. »Nat«, schrie ich, »hör auf, Nat!« Da machte er das Fernglas wieder los von seinem Hals und warf es zornig in meinen Schoss.

Ich fragte mich, ob es richtig war, was wir hier taten. Einmal mehr. Ob es richtig war, die Frau aufzusuchen. Sollten wir nicht besser wegfahren?

Ich berührte Nat am Arm und streichelte ihn. Nur so liess er sich wieder beruhigen. Ich suchte nach seiner

Hand, und er gab sie mir. Langsam fuhr ich mit meinem Daumen über ihre Innenfläche. Es waren Nats Lebenslinien, die ich nachzeichnete. Immer und immer wieder.

Die Schwestern und Ärzte hatten uns nicht erlaubt, den zerstörten Körper unserer Mutter zu sehen. Sie deckten ihn mit einem dünnen Laken zu, wenn wir sie im Krankenhaus besuchten. Sie liessen uns nur ihr Gesicht. Es war unverletzt geblieben, aber es sah aus wie eine Maske. Wir getrauten uns nicht, es zu berühren.

Wenn die Schwestern den Körper unserer Mutter versorgten, mussten wir das Zimmer verlassen. Und wenn wir zurückkehrten, suchten wir von neuem in den Falten des Lakens nach unserer Mutter. Unsere Hände strichen über Täler und Berge. Über Wälder und Seen. Manchmal erschien unsere Mutter einen Herzschlag lang. Sie versuchte, unsere Namen zu sagen, langsam und schwerfällig. Wie eine Betrunkene. Dann wurden unsere Namen von den Falten des Lakens wieder verschluckt. Mit unseren Fingern gingen wir ihnen nach. Wir strichen über das Laken. Vorsichtig und zärtlich. Wir hielten inne und horchten dem Klang der Stimme unserer Mutter nach. Wir riefen: »Mutter, Mutter!«, und dabei fanden sich unsere Hände.

Nat machte eine Packung *Fireballs* auf. Wir verwahrten sie im Fach zwischen unseren Sitzen. Wir hatten sie immer bei uns. Nat konnte sogar zwei auf einmal zerkauen. Dabei holte er immer wieder mit offenem Mund Luft. Das kühlte die Zunge. *Fireballs* waren gut gegen Müdigkeit und gegen alles.

Ich nahm das Fernglas von meinem Schoss und steckte es in das Türfach neben mir. Es war ein altes, einfaches Modell. Es hatte einmal unseren Grosseltern gehört, die wir nicht kannten. Unsere Mutter erzählte, dass ihre Eltern dieses Fernglas beim Wandern immer dabeigehabt hätten, um in den Bergen Tiere zu beobachten. Gämsen, Steinkrähen und Murmeltiere. Mehr wussten wir von unsern Grosseltern nicht. Nat und ich waren noch nie auf einen Berg geklettert, und wir kannten auch die Tiere nicht, die im Land unserer Grosseltern lebten. Hier, wo wir wohnten, gab es keine Berge, und auch all diese Tiere gab es nicht.

Seit unsere Mutter verunfallt war, konnte ich Nats Gedanken lesen und er auch die meinen. Wir verstanden uns, ohne zu reden, und wir wussten jetzt auch, dass wir uns liebten. Das war nicht immer so gewesen.

Früher hatten wir uns wegen Nichtigkeiten gestritten wie alle Geschwister. Wir hatten uns gegenseitig in die Schulhefte gemalt, uns an den Haaren gerissen und ins Gesicht gespuckt. Wir hatten einander bei jeder Gelegenheit bei unserer Mutter angeschwärzt und uns die Zunge hinter ihrem Rücken gezeigt. Heute war alles anders.

Ich wusste, dass Nat an die Beerdigung dachte. Wegen Trolley Fox. Und ich versuchte, die Bilder, die von ihm zu mir herüberwanderten, von mir fernzuhalten. Aber sie kehrten immer wieder zu mir zurück und klopften mit dem Regen an die Decke unseres Wagens. Ich schloss die Augen, um mit meinen Gedanken bei unserem Plan zu bleiben und ihn noch ein wenig auszuschmücken. Aber nach einer Weile musste ich die Bilder, die Musik und die Stimmen doch einlassen. Sie waren zu stark: all die Leute in ihren schwarzen Anzügen und Kleidern. Das kleine Grab unserer Mutter, das aussah wie eine offene Schachtel. Kunstrasen ringsum. Blumen. Bänder. Die Musik von Trolley Fox. Unser Brief, den ein Freund von Nat vorlas, in dem wir schrieben, dass wir unsere Mutter liebten mit der Stärke der Sonne und uns fühlten wie in der schwärzesten Nacht. Dann eine Schülerin unserer Mutter, die ein Gedicht in der Sprache ihrer Heimat vortrug. Es hiess *Mazee* oder so ähnlich. In ihrer Stimme erkannten wir den Klang der Stimme unserer Mutter, und wir waren sicher, dass das Wort ›Mazee‹ Sehnsucht bedeutete.

Als Lehrerin hatte unsere Mutter die Sprache ihrer Heimat viele Jahre lang unterrichtet. Mit uns aber sprach sie sie nie. Als wir noch klein gewesen waren, war sie mit uns in ein Flugzeug gestiegen und hierhergeflogen. Sie hatte alles hinter sich gelassen, was zu ihrer Heimat gehörte. Warum sie das getan hatte, wussten wir nicht, und sie erlaubte uns auch nicht, danach zu fragen.

Das Fernglas war die einzige Spur, die in unsere Vergangenheit führte. Auf dem Fernglas stand *Carl Zeiss Jena.* Mit ihm wollten wir später nach unseren Grosseltern und nach unserem Vater suchen, den wir genauso wenig kannten. Mit dem Fernglas glaubten wir in unsere Vergangenheit sehen zu können, aber auch in unsere Zukunft.

Als das Gewitter nachliess, öffnete ich das Fenster einen Spaltbreit, und wir atmeten die kühle, regennasse Luft ein. »Wir sollten jetzt gehen«, sagte Nat, öffnete seine Tür und setzte einen Fuss aus dem Wagen. »Es ist noch zu früh«, sagte ich schnell, »schau, das

Haus ist noch gar nicht zu sehen.« Und Nat schloss die Tür wieder. Er spürte, dass ich noch nicht bereit war. Er tätschelte meine Wange, seufzte und richtete sich auf seinem Sitz so ein, als wollte er schlafen. Jetzt war er wieder der grosse Bruder, der mich wie eine kleine Schwester behandelte. Nat schloss die Augen, schmatzte, bewegte seine Lippen und schnarchte ein bisschen. Aber ich wusste, dass er nicht schlief. Keiner von uns hatte geschlafen die letzten paar Tage.

Ich kippte meine Lehne nach hinten, legte mich hin und betrachtete die Decke des Wagens. Mit meinem Blick folgte ich den Nähten über der Wattierung und all den Flecken auf dem Überzug, die aussahen wie Wolken, die über uns hinwegzogen. Ich dachte wieder an die Frau und an das Haus und fragte mich, wie es aussehen würde. Ich stellte mir ein kleines Farmhaus vor mit freundlichen, hell erleuchteten Fenstern. Und ich stellte mir die Frau vor, wie sie sich hinter den Fenstern bewegte, wie sie in der Küche kochte und ab und zu hochsah über die Weiden, zur Scheune hinüber und manchmal zum Himmel. Und ich stellte mir vor, wie sie lächelte, wenn sie uns im Auto entdeckte, die Tür öffnete und aus dem Haus trat und mit langsamen Schritten die Auffahrt herunterkam, direkt auf uns zu.

Als unsere Mutter gestorben war, gingen wir leise aus ihrem Zimmer und aus dem Krankenhaus. Ihren Körper mussten wir den Ärzten überlassen – unsere Mutter hatte das so gewollt. Jedes Organ, das noch unversehrt war, gehörte ihnen.

Selbst ihr Gesicht.

Wir gingen den ganzen Weg zu Fuss. Die Hamilton entlang, die ganze 31ste und die Westwood Avenue hoch. Zu Hause legten wir uns in das Bett unserer Mutter und hielten uns gegenseitig fest mit unseren Armen. Wir streichelten und küssten uns.

Nach dem Tod unserer Mutter liebten Nat und ich uns zum ersten Mal. Wir öffneten tagelang niemandem die Tür und reagierten auf keine Nachrichten und auf keine Anrufe. Erst nach der Beerdigung unserer Mutter gingen wir wieder zur Schule.

Der Regen hatte längst aufgehört, aber ich rüttelte Nat nicht wach, um ihm zu sagen, da, schau, bald wird man das Haus sehen! Ich war froh, dass er sich nicht rührte. Er war eingeschlafen.

Ich sah zu, wie der Wind langsam die Wassertropfen von der Scheibe wegblies. Kleine Punkte, die zurückblieben. Dann trockneten auch diese. Der Himmel lichtete sich, und die Wolken wurden heller.

Ein Sonnenstrahl bahnte sich einen Weg bis in unsere Nähe, und ich fragte mich, ob das wieder ein Zeichen war wie damals, als wir den Namen der Frau herausfanden und ihre Adresse.

Dann sah ich das Haus, das aus dem Dunst auftauchte. Es war grösser, viel grösser, als wir es uns vorgestellt hatten. Ich griff zum Fernglas. Es war kein Farmhaus, sondern nur ein gewöhnliches Wohnhaus mit einer Veranda, die auf einen Vorgarten hinausging. An ihren Pfeilern kletterten Rosen empor, in deren Ranken sich ein Windspiel verfangen hatte. Vor den Fenstern hingen Gardinen, die den Blick nicht einliessen.

Ich wartete.

Die Verandatür wurde aufgestossen, und eine Frau kam langsam, auf zwei Krücken gestützt, aus dem Haus. Sie trug schwarze Hosen und ein blassblaues Hemd, das fast bis zu den Knien hing. Ein weisses Tuch oder ein Verband war um ihren Kopf geschlungen. Ich beobachtete, wie sie die Veranda durchquerte und umständlich mit einer Hand das Windspiel aus den Rosen befreite.

Wie besessen drehte ich an der Fokussierung des Fernglases, zoomte das Gesicht der Frau heran und wieder weg. Hin und zurück. Aber ich konnte es nicht erkennen. Ich verlor die Kontrolle über mich, ähnlich wie zuvor Nat. Ich stiess mit der Faust gegen die Windschutzscheibe und gegen das Armaturenbrett. Wütend öffnete ich die Wagentür und schmiss das Fernglas hinaus.

Die Frau drehte nicht einmal den Kopf. Langsam ging sie zur Tür zurück, öffnete sie und verschwand.

Erst als es ganz dunkel war, rüttelte ich Nat wach. Ich schrie ihn an: »Komm, lass uns fahren, Nat, komm!« Und Nat rieb sich verschlafen die Augen. Dann sah er mich an. Er begriff sofort. Mechanisch drehte er den Zündschlüssel, legte den Rückwärtsgang ein und liess den Wagen anrollen. Er sagte nichts, er stellte keine einzige Frage, auch als er das Haus in den Kegeln der Scheinwerfer aufleuchten sah. Er fuhr einfach los. Mit mir.

Eden View

Das Dorf wird immer kleiner. Mit dem Daumen lässt es sich leicht abdecken. Bevor es verschwindet, ist es nur noch ein winziger heller Punkt am Horizont.

Vera fährt durch die Dämmerung. Sie fährt durch eine stille, reglose Landschaft. Die Landschaft liegt auf dem Rücken und schaut zum Mond.

In der Spiegelung des Zugfensters entdeckt sie ihr Gesicht. Es streift die Landschaft, die Sterne und den Mond.

Mehrmals muss sie umsteigen und auf einem Bahnhof warten.

Sie friert.

Sie holt ihren Proviant und ihr Taschenmesser hervor. Sie klappt es auf und schneidet eine Scheibe Brot ab und ein Stück Käse. Sie isst alles schnell auf und trinkt ein paar Schlucke Wasser dazu. Die Reste verstaut sie im Rucksack, das Messer steckt sie zurück in ihre Jeans.

Mit einer Fähre überquert sie den Kanal.

In einer langen Nacht fährt sie Richtung Norden. Zusammengerollt liegt sie in ihrem Schlafsack quer auf den hintersten Sitzen eines Überlandbusses.

Sie schläft. Sie wacht auf. Durch das Fenster über ihrem Kopf sieht sie die Nacht. Lichtstreifen und wieder Dunkelheit.

Wenn sie schläft, träumt sie von Johan. Sie gibt sich Mühe, wach zu bleiben. Sie hört den Rädern zu, spürt ihr Vibrieren unter ihrem Rücken. Manchmal ein starkes Rütteln. Sie ist froh über die Unebenheiten des Strassenbelags. Sie will nicht einschlafen.

Die Stadt, in der der Bus gegen Mittag hält, riecht nach Fisch und nach Salzwasser. Möwen fliegen über die Dächer der Häuser, kreischen und zerschneiden den Himmel mit ihren spitzen Flügeln.

Vera wartet, bis der Fahrer ihren Rucksack aus dem Bauch des Busses gezogen hat, sieht zu, wie er Reisetaschen und Koffer auf den Boden stellt, Aluminiumkisten stapelt. Ihr Gepäck wirkt leicht in seiner Hand, die Riemen in seiner ausgestreckten Hand.

Die Jugendherberge liegt direkt am Meer. Sie glänzt weiss in der Sonne, dahinter dunkle Wolkentürme, die in den Himmel ragen.

Vera streckt dem Angestellten hinter dem Schalter ihren Ausweis hin, bezahlt, und er schreibt ihr eine Quittung, langsam und sorgfältig.

Ihr Bett steht in einem Schlafsaal. Es riecht schlecht. Durch die halb zugezogenen Vorhänge sieht sie hinaus auf das Meer.

Eine junge Frau mit nassen Haaren liegt auf dem Bett unter dem ihren und schreibt eine Nachricht in ihr Smartphone.

»Hallo«, sagt Vera und wirft ihren Rucksack nach oben.

»Hallo«, antwortet die Frau, steht auf und gibt Vera die Hand. »Ich bin Jutta.« Dann legt sie sich wieder hin und schreibt weiter.

Vera öffnet den Schrank, der zu ihrem Bett gehört. Er ist leer bis auf zwei Kleiderbügel, die darin hängen. Sie muss an den Brief denken, den sie ihrer Mutter geschrieben hat, bevor sie weggefahren ist. In dem Brief hat sie ihr die Wahrheit geschrieben.

Vera geht zum Fenster, schiebt die Vorhänge zur Seite und sieht hinaus auf das Meer. Es ist grün und bewegt sich schwerfällig auf und nieder. Sie spürt seine Bewegungen sogar durch das Fenster. Das Meer erscheint ihr wie ein grosser Körper. Wie der Körper ihrer Mutter.

Ihre Mutter lebt jetzt allein mit Johan.

Am Abend nimmt Jutta Vera mit zum Essen. In einer Bar kaufen sie Fish and Chips, die in alten, fettigen Zeitungen über die Theke gereicht werden. Jutta und Vera essen draussen neben einer Tankstelle im einbrechenden Dämmerlicht. Rund um die Neonröhren über den Zapfsäulen schwirren Mücken. Jutta isst hastig, raucht eine Zigarette und bläst den Rauch lachend in den Mückenschwarm. Vera stopft die Reste ihres Fischs in den Mülleimer.

Ein Auto hält vor der Zapfsäule. Zwei Männer mit orangefarbenen Basecaps sitzen darin. Der eine springt aus dem Wagen und macht sich an der Zapfsäule zu schaffen. Der andere dreht die Musik auf und lehnt sich aus dem Fenster.

»He, wollt ihr mitfahren? Wir gehen was trinken«, ruft er.

»Wenn ihr uns einladet«, antwortet Jutta.

»Sicher«, sagt der Mann mit dem Einfüllstutzen in der Hand.

Der andere steigt aus dem Auto, klappt den Sitz nach vorn und lässt Jutta hinten einsteigen. Dann zwängt er sich auf den Sitz neben sie.

»Ich bin Greg«, sagt er, und mit einer Kopfbewegung zur Zapfsäule: »Das ist Bob.«

»Los, steig ein!«, ruft Jutta Vera zu.

Als Vera nicht reagiert, klopft Jutta an die Scheibe. »Mach schon!«

Bob hält den Wagen vor einem Pub. Über der Tür steht *Wonders Mill*. Als sie eintreten, drehen die Männer am Tresen ihre Köpfe nach ihnen.

Vera setzt sich neben Jutta und Greg an einen der kleinen Tische in der Ecke. Bob holt für alle Bier und eine Schale mit Erdnüssen. An der Kerze, die in der Mitte steht, zünden sie ihre Zigaretten an.

Ausserhalb der Schulstunden hat Vera noch nie englisch gesprochen. Die Wörter formen sich nur schwer in ihrem Mund. Sie fühlen sich fremd und viel zu weich an. Sie geben keinen Widerstand. Sie quellen auseinander und füllen plötzlich den ganzen Mund. Sie lassen sich nicht richtig gebrauchen. Vera lässt Jutta sprechen. Jutta erzählt viel und schnell. Dazwischen zieht sie an ihrer Zigarette und trinkt von ihrem Bier. Sie sagt, sie komme aus Stuttgart. Im Herbst beginne sie mit einem Studium. Sie habe schon einen Platz.

Bob und Greg sind Frachtgutspediteure. Sie wollen Jutta und Vera am nächsten Tag in der Früh zum Hafen mitnehmen. »Der Hafen ist gross, und man kann sich leicht verirren«, sagt Greg und legt den Arm um Jutta. Bob zwinkert Vera zu und fragt, ob sie noch ein

Bier haben möchte. Aber sie möchte zur Jugendherberge zurück.

Die Sonne scheint durch das Fenster des Schlafsaals. Vera blinzelt und dreht den Kopf zur Seite, damit sie das Meer sehen kann. Es ist jetzt türkisgrün. Ein kleines Fischerboot, das sich durch die Wellen kämpft. Vera macht sich klein und versucht, in das Schiff zu gelangen.

Dann klettert sie von ihrem Bett hinunter.

Juttas Schlafsack liegt zusammengerollt auf ihrem Kopfkissen. Vielleicht ist Jutta tatsächlich mit Greg in der Früh zum Hafen gefahren, denkt Vera.

Am Schalter verlangt sie ihren Ausweis zurück und steckt ihn in den Beutel, den sie um den Hals trägt. Sie ist froh, ihn wiederzuhaben. Der Ausweis könnte ihre Spur verraten.

Am Stadtrand setzt sie sich an einer Bushaltestelle auf eine Bank und wartet. Sie nimmt das Buch aus ihrem Rucksack und liest, damit die Zeit schneller vergeht. Sie liest mehrere Kapitel.

Ein rotes Auto hält vor ihr. Der Fahrer kurbelt das Fenster herunter und fragt: »Willst du mitfahren?«

Vera starrt auf die Seiten ihres Buches.

Der Fahrer fragt noch einmal. Er trägt ein weisses Hemd, und eine geöffnete Krawatte hängt um seinen Hals. Die hinteren Seitenfenster seines Autos sind mit Anzügen verhängt.

»Hier fährt heute kein Bus mehr«, sagt der Mann. Und dann noch einmal: »Willst du mitfahren? Ich fahre an die Nordküste. Du kannst aussteigen, wo du willst.«

Vera steht langsam auf und öffnet die Beifahrertür.

Der Mann fährt schnell, er überholt jedes Auto, das vor ihm fährt. Er sagt, er kenne hier jede Kurve, jeden Baum, jede Kreuzung. Es sei seine Hausstrecke.

Vera sieht die Autos auf sie zurasen. Sie hat keine Angst. Sie öffnet ihren Sicherheitsgurt, ohne dass der Mann es bemerkt.

Er erzählt ihr, dass seine Frau vor ein paar Jahren gestorben sei. Wenn er nicht unterwegs sei, wohne er jetzt bei seinem Vater. Wenn sie wolle, könne sie dort übernachten. Sein Vater vermiete Caravans an Feriengäste.

Vera nickt.

Nach einer Kurve erscheint unvermittelt ein Dorf. Acht, neun kleine weisse Häuser, eine Kirche, dahinter Klippen, die steil ins Meer fallen. Der Mann bremst erst, als sie schon beinahe im Dorf sind. Vera erkennt einen Pub und einen Laden. Eine Frau auf einem Fahrrad fährt vorbei, an der Lenkstange ein Einkaufsnetz. Sie durchqueren das Dorf und folgen der Strasse noch ein Stück weiter das Meer entlang. Es ist jetzt eine grosse dunkelblaue Fläche, die am Horizont mit dem Himmel verschmilzt.

Das Haus des Vaters steht auf einer Anhöhe. Auf einem Schild in der Auffahrt steht *Eden View.*

Vera bleibt einen Moment sitzen, bevor sie aussteigt, und lässt alles auf sich wirken. Rund um das Haus stehen kaputte Autos, Bretterstapel und zwei rostige Caravans.

Ein alter Mann in einem fleckigen roten Hemd kommt auf sie zu. Er stützt sich mit der einen Hand auf einen Stock, in der andern hält er eine Zigarette.

»Jack, du bringst jemanden mit?«, fragt er.

»Ja, Vater.«

Der alte Mann gibt Vera die Hand und sagt: »Ich bin Jim«, und zeigt ein paar nikotingefärbte gelbe Zähne.

Der Caravan, den Jim ihr zeigt, gefällt Vera. Sie bezahlt für drei Nächte. Es gibt sogar einen kleinen Ofen darin und einen Gaskocher. Aus dem Fenster über dem Tisch sieht man zu den Klippen hinunter und bis zum Meer. Schnell entfernt Vera die Vorhänge, die vor das Fenster gespannt sind. Die Stoffstücke legt sie sorgfältig gefaltet in den Küchenschrank über dem Herd. Sie setzt sich an den Tisch und schaut hinaus. Das Meer ist jetzt eine grosse, weite Metallplatte, die silbrig glänzt. Sie lebt nun in einer Kapsel, die man abschliessen kann. Jim hat ihr den Schlüssel gegeben.

Am Abend begegnet Vera zum ersten Mal Cathy. Sie wohnt im andern Caravan. Sie arbeitet für das Craft Village, das nicht weit vom Dorf entfernt liegt. Sie strickt Pullover mit traditionellen Mustern, Handschuhe und Mützen. In ihrem Caravan liegt überall Wolle in verschiedenen Brauntönen. Cathy kocht für Vera Tee und nimmt sie mit zu den Klippen, um ihr die Seehunde zu zeigen. Zuerst nehmen sie sich wie dunkle Punkte aus im Wasser, dann treiben sie näher mit der Flut, und Vera erkennt ihre spitzen Schnauzen, die aus dem Wasser ragen. Cathy raucht und schaut aufs Meer hinaus.

Dann fängt sie an von Belly zu reden, und sie hört nicht mehr auf, bis es dunkel wird. Belly lebt im Craft Village zusammen mit Fiona. Und Fiona hat ein Kind, das nicht von Belly ist, aber es ist wie Bellys Kind. Belly hat geholfen, es auf die Welt zu bringen. Es heisst Nigel. Für Nigel ist Belly wie ein Vater. Und

Belly will Nigel nicht verlieren, darum bleibt er mit Fiona zusammen, obwohl er jetzt schon sieben Monate mit Cathy zusammen ist. Belly hat Cathy auch den Job im Craft Village verschafft, damit sie in seiner Nähe bleiben kann. Cathy liebt Belly. Wegen Belly will Cathy nicht mehr zu ihren Eltern zurück.

Am nächsten Morgen geht Vera nochmals zu den Klippen. Sie geht allein über die Weiden, in der Hand das Fernglas, das vor langer Zeit einmal ihrem Vater gehörte.

Sie setzt sich an den Rand der Klippen und beobachtet, wie die Sonne da und dort aus den Wolken bricht. Lichtkegel wandern über das Wasser wie Scheinwerfer, die etwas suchen. Vera setzt das Fernglas an ihre Augen. Sie sieht winzige Wellen mit weissen Schaumkronen im Scheinwerferlicht. Sie tanzen und jagen in verschiedenen Richtungen über das Meer, drehen und wenden sich, springen in die Höhe, lassen sich wieder fallen, und ihre dünnen Gewänder flattern hinter ihnen her.

Vera zuckt zusammen. Ein Schatten hat sich hinter ihr bewegt. Sie lässt das Fernglas sinken und dreht sich um. Es ist Jack. Er trägt jetzt einen alten Overall und eine Fleecejacke. Er sagt: »Ich habe dich beobachtet vom Fenster aus.« Mit dem Kopf macht er eine Bewegung zum Haus. Vera sieht Licht in der Küche und einen dunklen Umriss. Das muss Jim sein, denkt sie, der hinter dem Fenster sitzt.

Jack lädt sie zum Frühstück ein. Vera nickt. Sie spürt plötzlich, wie hungrig sie ist. Sie hat seit langem nichts mehr gegessen. Langsam geht sie hinter Jack her zum Haus. Sie betrachtet seine Gummistiefel, die im weichen, kurzen Gras Abdrücke hinterlassen. Jacks Gang hat etwas Leichtes, Federndes, trotz der schweren Stiefel.

Vera isst nur die Bohnen, die Spiegeleier und den Toast. Den gebratenen Speck kann sie nicht essen. Sie lässt ihn am Rand ihres Tellers liegen. Die Teetasse an die Lippen gepresst, schaut sie zwischen Jim und Jack hindurch aus dem Fenster, zurück zu den Klippen und zurück zum Meer. Es liegt ganz ruhig da. Es bewegt sich nicht. Das Meer ist wieder geschlossen.

Nach dem Frühstück nimmt Jack Vera zu den Schafen mit. Unterwegs zeigt er ihr zwei schmiedeeiserne Kreuze hinter dem Haus, die je in einen Steinsockel eingelassen sind und vom Wind leicht zur Seite gedrückt wurden. Zwei zerzauste Blumengebinde aus Plastik flattern daran.

Jacks Frau und seine Mutter liegen unter den Kreuzen.

Vera versucht, die Namen auf den Steinsockeln zu entziffern, aber das Gras, das rund um die Sockel wächst, ist zu hoch. Es ist fast ein Gestrüpp. Der Wind zieht und zerrt an ihm und biegt es in verschiedene Richtungen.

Die Schafe weichen nur langsam auseinander, als sie sich einen Weg durch die Herde bahnen, um zum Schuppen zu gelangen. An ihren Fellen kleben Heuhalme und Dreck. Vera streicht mit der Hand über einen der Rücken. Das Fell fühlt sich rau und fettig an.

Als Jack die Schuppentür öffnet, versuchen die Schafe, in den Schuppen zu drängen. Schnell schliesst er die Tür hinter sich. Als er sie wieder öffnet, lässt er die Schafe in den Schuppen hinein. Er hat Futter in ihre Näpfe geleert.

Am Nachmittag besucht Belly Cathy. Mit zwei grossen Plastiktüten voll Wolle kommt er die Auffahrt hoch. Cathy läuft ihm entgegen und küsst ihn. Sie nimmt ihm eine der Plastiktüten ab und trägt sie an ihren Bauch gepresst neben ihm her.

Vera sitzt auf der kleinen Holztreppe vor dem Eingang ihres Caravans und beobachtet die beiden. Sie sieht, dass Cathys Bauch etwas gewölbt ist.

Cathy zeigt zu Vera, und Belly nickt ihr zu. Dann verschwinden sie in Cathys Caravan, und Cathy schliesst die Tür hinter sich.

Vera bleibt auf der Eingangstreppe sitzen. Ihr Blick wandert zwischen den alten Autos hin und her. Neben dem eingedrückten Mini und dem Landrover entdeckt sie einen umgekippten Autositz. Sie steht auf und fährt mit der Hand über das Sitzpolster. Es ist aus Kunstleder und hat ein paar Löcher, aus denen Füllmaterial quillt. Aber der Sitz ist noch gut. Vera trägt den schweren Sitz vor ihren Caravan und setzt sich darauf. Er ist bequem. Sie legt ihren Kopf in den Nacken und hält ihr Gesicht in die Sonne.

Cathy trägt nur ein dünnes T-Shirt, und ihre Beine und Füsse sind nackt, als sie die Tür ihres Caravans wieder öffnet. Sie nimmt ein paar Wäschestücke ab, die an einer Schnur zwischen den beiden Caravans hängen. Dann verschwindet sie wieder.

Nach einer Weile erscheint Belly und setzt sich mit einem Bier auf die Eingangstreppe. Cathy setzt sich neben ihn. Dann fordert sie Belly auf, ihr auch so einen bequemen Sitz zu holen, wie Vera ihn hat. Belly findet einen im weissen Chrysler und stellt ihn neben Vera. Cathy und Belly teilen sich den Sitz. Später holt Cathy auch für Vera und sich ein Bier.

Nachdem Belly sein Bier fertiggetrunken hat, steht er auf und verabschiedet sich. Cathy begleitet ihn die Auffahrt hinunter bis zum Auto. Vera beobachtet, wie sie sich durch das Fenster des Wagens küssen.

Nachts träumt Vera von Johan. In einem Kampfanzug versteckt er sich im hohen Gras. Dann rennt er nackt über eine Waldlichtung auf sie zu. Sein Glied ragt wie ein dunkler Haken empor.

Vera erwacht. Ihr Herz klopft bis zum Hals. Sie lauscht in die Dunkelheit. Sie glaubt, Geräusche zu hören. Geht draussen jemand herum? Sie liegt da und bewegt sich nicht. Irgendwann windet sie sich aus ihrem Schlafsack, steht auf und schaut aus den Fenstern des Caravans. Weisses Mondlicht fällt vom Himmel und macht die Nacht milchig hell, so dass sie alles sehen kann: die Ställe, Cathys Caravan, die Autos, sogar den Drahtzaun, der die Weide umgibt. Sie späht nach unten, wo dicht vor ihrer Eingangstreppe die beiden Autositze stehen. Aber sie sind leer. Schnell prüft sie, ob die Tür tatsächlich verschlossen ist. Dann schlüpft sie zurück in ihren Schlafsack.

Am Sonntagabend lädt Cathy Vera und Jack zum Essen ein. Sie kocht Nudeln auf dem kleinen Gaskocher und stellt Teller, Besteck, Streuwürze und Tomatenketchup auf den winzigen Tisch. Sie zwängen sich zu dritt auf die Eckbank. Sie trinken Bier und Tee zum Essen.

Jack erzählt von seiner Arbeit, wie er das Papier verkauft, das in verschiedenen Stärken hinten in seinem Wagen liegt. Wie er umherfährt und unterwegs seine Musterkoffer öffnet und wie er seine Ware anpreist. Beim Sprechen schaut Jack nur Vera an.

Cathy erzählt von Belly und dass sie mit ihm bald weggehen wird. Sie sagt, der Caravan sei kein Zuhause, kein Zuhause für ein Kind, und öffnet ihre Strickjacke ein wenig und zeigt auf ihren Bauch. Belly werde mit Fiona reden. Bald. Er werde ihr alles erklären.

»Du kannst auch im Haus wohnen, wenn du willst«, sagt Jack, »da ist fliessendes Wasser, und es gibt auch ein leeres Zimmer. Ich werde mit meinem Vater sprechen.«

»Wir werden weggehen«, sagt Cathy fest. »Du musst ihn nicht fragen.«

Dann streicht sie mit der Hand über ihren Bauch. Es ist das erste Mal, dass Vera diese Bewegung bei ihr beobachtet.

Spätnachts bedanken sich Jack und Vera bei Cathy für das Essen und verabschieden sich. Jack geht hinüber zum Haus, und Vera geht zurück zu ihrem Caravan.

Einen Moment später klopft es an der Tür. Es ist Jack. Er steht unten vor der Eingangstreppe und sagt: »Ich möchte dir etwas zeigen.« Vera zögert, dann tritt sie hinaus in die Dunkelheit. Mit ihren Augen folgt sie Jacks Arm, der hinauf in den Nachthimmel weist. Sie kann den Stern nicht sehen, den er ihr zeigen möchte, aber sie sieht, dass er recht hat und dass der Himmel tatsächlich ein Zelt ist, das über der Erde liegt. Dann verabschiedet sich Jack noch einmal, und Vera sieht ihm nach, wie er an Cathys Caravan vorbei über die Weiden und zum Haus hinaufgeht.

Am Morgen packt Vera ihre Sachen. Jack muss früh los. Als sie sich bei Cathy verabschieden will, sind ihre Vorhänge noch zu. Sie getraut sich nicht, Cathy zu wecken.

Jim tritt aus dem Haus, und Vera gibt ihm den Schlüssel zurück.

Dann fahren sie los. Vera sieht aus dem geöffneten Fenster, während sie die Auffahrt hinunterfahren. Sie schaut zurück zum Haus und zu den beiden Caravans, die einen Moment lang in der Sonne aufblitzen. Sie sieht den bunten Wäschestücken nach, die neben dem

Haus im Wind flattern, und sie sieht Jim nach, der neben der Wäsche steht und ihnen nachwinkt.

Jack fährt mit Vera das Meer entlang. Es bewegt sich nur ganz leicht. Sie schiebt eine von Jacks Musik-CDs in sein Autoradio und schliesst die Augen. Vera sieht das Meer jetzt auch so. An der Bushaltestelle, kurz vor der Schnellstrasse, lässt Jack Vera aussteigen. Sie gibt ihm die Hand und bedankt sich für alles, bevor sie die Tür des Wagens öffnet und aussteigt.

»Du hättest auch dableiben können«, sagt Jack.

»Ja«, sagt Vera, »ich weiss«, und schliesst die Tür.

Der Bus ist beinahe leer. Der Fahrer nennt fragend den Namen irgendeiner Ortschaft. Vera nickt, bezahlt die angezeigte Summe und setzt sich hinter eine Frau, die ihren Kopf, an eine Jacke gebettet, gegen die Fensterscheibe lehnt. Ihr langes braunes Haar fällt über ihre Sitzlehne nach hinten zu Vera.

Der Bus fährt ruhig. Ab und zu hält er an, um jemanden aus- oder einsteigen zu lassen. Mehrmals berührt Vera vorsichtig die Haare der Frau.

Irgendwann hält der Bus in einem kleinen Dorf vor einer weissgetünchten Kirche. Der Fahrer nennt den Namen des Dorfes und sieht Vera im Rückspiegel an. Als sie nicht sofort begreift, nennt er den Namen noch einmal. Schnell steht sie auf, packt ihren Rucksack und steigt aus.

Sie schlendert die Hauptstrasse entlang durch das Dorf. In einer Bäckerei kauft sie einen Kaffee im Pappbecher, eine Flasche Wasser und einen Apple Pie. Mit dem Kaffee in der Hand geht sie zur Bushaltestelle vor der Kirche zurück und setzt sich auf eine Bank. Sie zerteilt den Pie in sechs gleich grosse Stücke, steckt das Messer zurück in ihre Hosentasche und fängt an zu essen. Sie beobachtet die wenigen Menschen, die auf der Dorfstrasse zu sehen sind: Zwei Männer, die einen Balken auf ihren Schultern tragen. Ein Junge auf einem Fahrrad. Eine Frau mit einer Plastiktüte in der Hand.

Am liebsten würde Vera den Kuchen ganz aufessen, aber sie isst nur die Hälfte. Die andere packt sie wieder ein für später.

Sie liest in ihrem Buch. Sie liest langsam. Es ist das einzige Buch, das sie mitgenommen hat.

Ein dunkelblauer Minibus hält dicht vor Vera. Sie schaut auf.

»Wohin willst du?«, fragt der Fahrer aus dem geöffneten Fenster und sieht auf sie herunter.

Vera schaut den Mann an.

»Wohin willst du?«, fragt er noch einmal.

Vera deutet in die eine Richtung, dann in die andere.

»Steig ein«, sagt der Mann. »Ich nehm dich mit.«

Vera steht auf, wirft ihren Rucksack zu dem Mann hoch und klettert auf den Beifahrersitz. Der Mann riecht nach Rauch und nach Schweiss. Den Rucksack schmeisst er nach hinten in den Laderaum, der leer ist. Als er losfährt, schlittert der Rucksack von einer Seite auf die andere.

Der Mann macht das Radio an. »Gefällt dir das?«, fragt er.

Vera zuckt mit den Schultern.

»Such dir was anderes«, sagt der Mann.

Vera starrt nach draussen.

Der Mann schaltet. Nach dem Schalten legt er seine Hand auf Veras Hand, die auf ihrem Oberschenkel liegt.

Vera zieht die Hand weg.

»Du hast Angst vor mir, was?«

»Nein«, sagt Vera und schaut auf die Strasse.

»Lüg nicht. Du weisst genau, dass ich mit dir da irgendwo in die Pampa fahren könnte.«

Vera antwortet nicht.

Der Mann sucht selbst nach einem anderen Musiksender. »Und jetzt?«

Vera nickt.

Der Mann biegt plötzlich in einen Feldweg ab.

Vera rüttelt an der Tür.

»Du kommst hier nicht raus«, sagt der Mann und lacht.

Der Wagen fährt nur noch langsam in der matschigen Fahrrinne. Manchmal bleibt er beinahe stehen, bevor er holpernd über einen Stein oder eine andere Unebenheit hinwegfährt. Der Mann flucht. Die Zigarette, die er sich angezündet hat, schmeisst er aus dem Fenster. Dann hält er den Wagen an.

»So«, sagt der Mann, »hier kann ich mit dir machen, was ich will«, und zieht den Schlüssel aus der Zündung.

»Du Sau«, hört Vera den Mann keuchen. »Du Sau«, flüstert er und presst beide Hände auf seinen Hals, aus dem Blut schiesst.

Dann kippt der Mann nach vorn auf das Steuerrad.

Vera klettert über die Rückenlehne und lässt sich in den Laderaum fallen. In der Dunkelheit tastet sie nach ihrem Rucksack und rüttelt an der Hecktür, bis sie aufgeht. Sie springt hinaus, schultert den Rucksack und schlägt die Tür hinter sich zu.

In der Fahrspur des Wagens geht sie zurück zur

Strasse. Ein paarmal strauchelt sie, fällt hin, spürt das Gewicht des Rucksacks über sich. Mühsam rappelt sie sich wieder auf und geht weiter.

An der Hauptstrasse setzt sie sich auf die Böschung und lehnt sich an einen Weidezaunpfahl. Sie spürt, wie ihr Puls rast.

Sie kramt die Wasserflasche aus ihrem Rucksack hervor und trinkt gierig. Mit dem restlichen Wasser wäscht sie sich die Hände und das Gesicht. Sie sieht Blutflecken auf ihrem Ärmel. Sie zieht die Jacke aus, zerrt einen Pullover aus ihrem Rucksack, streift ihn über und stopft die Jacke in den Rucksack.

Sie steht auf und geht die Strasse entlang.

Ab und zu wird sie von Autos überholt. Sie beachtet sie nicht. Unbeirrt geht sie weiter.

Als sie den Ort sieht, wo sie zwei Tage zuvor mit Cathy die Seehunde beobachtet hat, biegt sie von der Strasse ab.

Ein schmaler Weg führt bis zu den Klippen.

Das Meer ist jetzt ein grosser, offener Schlund.

Gelbe Schaumkronen reiten auf den Wellen, die mit grosser Geschwindigkeit gegen das Ufer rollen und Äste und Plastikmüll mit sich tragen.

Blitze zucken am Horizont, in der Ferne ist Donnergrollen zu vernehmen.

Es beginnt zu regnen.

Vera setzt sich zuvorderst auf eine Klippe.

Sie bewegt sich nicht.

Als Jim sie an der Schulter berührt, zuckt sie zusammen.

Eine Kette von Bildern

Warum man mich geholt hat, frage ich. Und ich frage noch einmal: Warum haben Sie mich geholt? Dann schreie ich laut: Ist hier niemand zuständig?

Ich winde mich heraus aus dieser Schale, in die man mich gelegt hat. Es ist eine Zwiebelschale, hauchdünn und zum Zerreissen gespannt. Es ist, als würdest du durch die Nacht gehen und versuchen, etwas zu sehen. Aber du siehst nichts. Du öffnest die Augen. Reisst sie sperrangelweit auf und siehst trotzdem nur Schemen. Ein Rücken, ich glaube, es ist ein Rücken, so fein und zart, dass ich ihn mit meinen Augen zerstören könnte. Mit meinem Starren.

Es ist der Rücken deiner Tochter, sagt eine Stimme. Sie ist es, die sich so verzweifelt krümmt. Rette sie, ruft eine andere. Rette sie!, eine hinter mir. Rette sie!, eine vierte von unten. Und diesmal klingt die Stimme fast wie ein Befehl.

Ich lache. Wie soll ich Alba retten? Ich bin machtlos. Hat man mir nicht gerade das beigebracht?

Ich durchquere die Dunkelheit und tappe vorwärts auf meinen dünnen Sandalen, die ich am Tag meines Todes aus reiner Eitelkeit anzog. Dass sie für hier nicht geeignet sind, hat mir niemand gesagt. Wer sollte auch?

Ich wollte, dass man mich findet in Schönheit: eine junge Frau, das blühende Leben, in einem Blumenkleid, die nackten Füsse in roten Riemchensandalen. Hingestreckt auf einem Sofa in einem Haus mit Seesicht, ringsum ein Garten, picobello gejätet. Jemand sollte mich aufheben und in ein besseres Leben führen. Das war mein Plan. Wie dumm war ich damals.

Es ist Schwerstarbeit, sich hier zu bewegen. Jeder Millimeter muss zäh erkämpft werden. Es ist einzig und allein das Bewusstsein der Menschen, die uns gekannt haben, das unsere Bewegungen steuert. Mal in die eine, mal in die andere Richtung. Es ist ein Torkeln. Ein schwer erklärbarer Zustand.

Es geht. Langsam. Aber es geht. Ich strecke meine Hand aus. Sie nähert sich dem Rücken und legt sich kühl und schwer auf die schweissnasse Schulter. Doch dann fasst sie ins Leere. Otternbrut!, schreie ich. Warum holt man mich, wenn ich meine eigene Tochter nicht einmal anfassen darf?!

Es sind die üblichen Wutausbrüche, die hier jeder kennt.

Ich stehe da und warte, und meine Lippen zittern noch immer von den Flüchen, die sie ausgestossen haben.

Endlich begreife ich: Almut. Almut Maria, meine Enkelin. Sie hat mich geholt. Und Maria, das bin ich, ihre Grossmutter, die an ihrem Namen hängt wie ein Stein. Viel zu schwer für einen Säugling, der noch im Mutterleib steckt.

Ich muss es noch einmal versuchen. Trotz allem.

Erneut hebe ich meine Hand. Zentner, die an meinen Fingern hängen, Klötze aus Beton. Wie Schmuck, den niemand haben will. Schon ist sie auf der Höhe meiner knochendünnen Hüfte, an der sinnlos noch immer mein Gürtel baumelt. Die Fingerspitzen strecken. Langsam. Finger um Finger. Sehnsucht, die über das menschliche Mass hinauswächst.

Atme, sage ich leise, meine Lippen an Albas Ohr. Atme, atme. Du schaffst es, mein Kind. Es ist der Kreislauf der Natur, und du bist ein Teil von ihm, und nichts wird ihn je unterbrechen. Höre: Meine Hand ist kalt und schwer und wird sich auf deinen Rücken legen. Sie wird dich ruhig werden lassen wie ein Windhauch, der über den See streicht. Dreh dich nicht um, mein Kind. Wenn du mich anschaust, ist alles vorbei.

Atme, flüstere ich wieder. Atme. Atme. Und dann etwas ungeduldiger, weil sich nichts verändert: Los. Los. Mach schon!, und ich spüre gleichzeitig, wie Albas Rücken unter meiner Berührung hart wird. Sie beginnt zu schreien. So laut, dass die Hebamme und Manuel sie festhalten müssen, um sie zurückzuholen in diese Wohnung, in dieses Zimmer und auf diese grosse Matratze, auf der die kleine Almut auf die Welt kommen soll, hinein in eine Flut aus Liebe und Fürsorge.

Aber meine Tochter hat Angst vor mir. Noch immer. Was soll ich tun? Wie diese Kette von Bildern zerreissen, die um uns herumtanzen? Je mehr ich mich gegen sie wehre, desto wilder der Veitstanz, den sie vollführen. Sie bestimmen jede Bewegung, die ich mache, so als wäre ich nie jemand anders gewesen. Keine Frau, die ihr Kind glücklich auf ihrem Schoss gewiegt und den Duft seines strohblonden Haars eingesogen hat wie eine Droge.

Und trotzdem. Ich muss es versuchen. Für Almut. Abermals. Ich muss sie vom Gewicht, das an ihrem Hals hängt, befreien. Dieser zweite Teil ihres Namens. Wie schwer wiegt er doch. Dieser Teil, der mit aller Kraft zu mir will. 21 Gramm. Das Gewicht eines Schlüsselanhängers oder eines Rests Mehl, der in einer Waagschale übrig geblieben ist. Wie wenig. Und trotzdem zu viel.

Ich schlage wild um mich. So wild, wie es hier eben geht. Was ist los mit dir?, fragt eine Stimme hinter mir, während meine Arme an zähen Fäden durch die Luft kreisen. Machst du Geistervertreibung? Die Stimme ist tief und schwer. Vermutlich gehört sie Abraham oder Isaak oder sonst einem unserer Stammesväter, die oft in überlegener Haltung herumstolzieren und nicht merken, dass sie mit Leuten wie mir, einfachen Hausfrauen aus dem zwanzigsten Jahrhundert, zusammenstossen könnten. Immer sind wir es, die ausweichen müssen.

Als ob ich nicht selber wüsste, wie aussichtslos meine Bemühungen sind. Aber ich gebe nicht auf. Ich gehe nur etwas weiter weg, damit Alba aufhört zu schreien. So findet sie nie einen Rhythmus.

In die Küche mit dir!, befehle ich mir selber. Räum auf, wasch das Geschirr, oder mach dich sonst nützlich! AU TRAVAIL! Kirschen sterilisieren, Johannisbeermarmelade machen oder einen Schokoladekuchen backen. Du hast ja vieles gelernt in deiner Ausbildung.

Ich werfe einen Blick in die Küche und erschrecke: Sie ist aufgeräumt und blitzblank geputzt. Ist hier seit Tagen nicht mehr gekocht worden? Kein Teller benützt? Keine einzige Tasse? Wird hier nicht mehr gegessen? Ist das Leben aus diesen vier Wänden schon vorzeitig ausgezogen?

Im Backofen liegt ein Frottiertuch. Es ähnelt einem Kuchen. Ein von der Backofenbeleuchtung illuminierter gelber Frottiertuchkuchen. Frisch gebacken für meinen kleinen Stern, über den ich wache mit all meiner Kraft.

Ich frage mich: Gibt es eine schönere Aufgabe, als seine neugeborene Enkelin in ein warmes Tuch einzuwickeln? Wie viel Liebe steckt in solch einer Handlung?

Albas Geschrei dringt bis in die Küche. Hat meine Tochter meine Gedanken gelesen? Hat sie Angst, meine Liebe könnte die ihre noch übertrumpfen? Oder bin ich ihr selbst in der Küche noch zu nah? Will sie mich draussen haben auf dem Balkon, heimlich eine Zigarette rauchend? MAMA, WO BIST DU?

Nur unter grosser Anstrengung gelingt es mir, durch die Wohnzimmertür, die einen Spaltbreit offen steht, zu schlüpfen. Warum habe ich in meiner Freizeit einen Französischkurs belegt und nicht im Fitnessstudio trainiert so wie die heutigen Frauen mit ihren GESTÄHLTEN KÖRPERN? Zum Glück genügen mir zwei Zentimeter. Ich bin noch immer ein Nichts.

Achtundzwanzig Jahre Gedankenarbeit haben keine Spuren hinterlassen an mir.

Erschöpft setze ich mich auf das Sofa. Nur keine Angst, ich bleibe sitzen, damit ich niemanden erschrecke. Meine Beine leicht angewinkelt, die Knie zusammengepresst. Ganz ladylike, wie man es mich gelehrt hat.

Auf dem Salontisch liegt eine Zeitung, darauf ein schnurloses Telefon, daneben eine Schale mit gammligem Obst, auf dem Fruchtfliegen spazieren. – Ist das dieser perfekte Haushalt, in dem zwei gleichberechtigte Individuen zusammenwohnen? Beide mit Universitätsabschluss?

Die Fruchtfliegen leben nur einen Tag und haben nichts anderes vor, als Nachkommen zu zeugen. Etwas, was hier viele bewundern. Aber diese Leute hatten schon zu Lebzeiten kein Hirn oder verkauften es vorzeitig an die Populisten – an dieselben, die sich jetzt beklagen, dass sie keinen Platz haben und sich ständig dünnmachen müssen.

Ich werfe einen Blick auf die Zeitung. Mehr aus alter Gewohnheit denn aus Interesse. Man kennt die Inhalte ja. Ein neuer Krieg geht los. Einer mehr. Ein neuer und frischer. Wie die Frühjahrsmode, die mir einst schlaflose Nächte bereitete. WIE KANN ICH SIE

FINANZIEREN? Dieses Jahr kommt sie in grellen Farben daher. Noch greller als im vergangenen. IST DER KRIEG WEIBLICHER GEWORDEN?

Auf der Fruchtschale findet Vermehrung so leicht und so sorglos statt. Ist diese Nachbarschaft nicht irgendwie schön? Soll sie dem Töten etwas entgegensetzen. BITTE.

Auf dem Bücherregal steht ein Foto von mir und Alba. Ich bin darauf fast gleich alt wie sie jetzt. Wir stehen auf dem Markusplatz in Venedig und füttern die Tauben. Eine sitzt auf meinem Kopf und zwei auf meiner Hand. Eine alte Frau streute Futter auf meinen Kopf und meine Hände, und sogleich flogen die Tauben auf mich zu, setzten sich auf mich und pickten die Maiskörner weg. Das war der Trick. Sie waren nicht besonders zutraulich und ich nicht besonders verrückt, obwohl es Leute gab, die das sogar schon vor meinem Tod behaupteten.

Manuel stürzt so schnell herein, dass ich erschreckt aufspringe. Hastig sucht er nach dem Telefon und wählt aufgeregt eine Nummer. Bitte kommen Sie sofort, ruft er. Bitte. Es ist dringend. Erst drei Zentimeter offen und schon sehr lange Presswehen. Meine Frau ist erschöpft. Bitte. Kommen Sie.

Und schon ist er wieder verschwunden.

Mein Schwiegersohn ist so besorgt. Wäre mein Mann ihm nur ähnlich gewesen. WO IST MEIN FRISCHES HEMD? WO SIND MEINE SOCKEN? WARUM BÄCKST DU EINE FRUCHTWÄHE FÜR MICH? SIE IST EINES MANNES UNWÜRDIG!! Und trotzdem tut der Gute das Falsche. Aber wie will er wissen, dass ICH das Problem bin und nicht Alba. Mein Gewicht, das um Almuts Hals hängt und sie stranguliert, kaum will sie ihr Köpfchen in die Welt hinausstrecken. Warum kann mein Schwiegersohn mir die Sache nicht überlassen? Frei nach dem Verursacherprinzip. Hat er noch nie von so was gehört? Nur weil Alba schreit, heisst das noch lange nicht, dass sie ins Spital will. Bei einer Geburt schreit jede Frau. Was wir hier alles hören!

Nur ich kann Alba helfen. Darum hat die kleine Almut mich gerufen, und darum bin ich gekommen. Ich soll ihre Mutter streicheln, sie halten – so wie ich sie als kleines Kind gehalten hab.

Warum nur hab ich ihr das Vertrauen in mich genommen?

Warum hat ausgerechnet Alba mich finden müssen? Meine kleine Tochter, die vom Kindergarten heimkam. Ausgestreckt auf dem Sofa, in meinem

Blumenkleid, das bereits ein wenig verwelkt war. Die Hände um meine schwarze Handtasche geklammert, in der man später nur ein leeres Tablettenröhrchen fand und ein Spiegelchen. Ein winzig kleines Spiegelchen, zu nichts weiter nütze, als sich die Lippen nachzuziehen. Kein Brief, keine Erklärung, rein gar nichts.

Warum habe ich an alles gedacht, nur nicht an Alba? Sogar daran, die Betten zu machen und die Schlafanzüge zusammenzufalten und unter die Kopfkissen zu legen. Hätte ich anders nicht sterben können? Ein bisschen weniger perfekt? Warum vergass ich mein Kind, das verzweifelt in der Nachbarschaft herumirrte? War mir mein Ruf als Hausfrau so viel wichtiger?

Zum Glück erbarmte sich ein älterer Herr mit Hund meiner Alba und begleitete sie nach Hause. Bei meinem Anblick schätzte er die Lage, die er vom Krieg her nur allzu gut kannte, sofort richtig ein: Es war zu spät. Trotzdem rief er den Krankenwagen und liess mich mit Blaulicht ins Spital transportieren. – Hinweg, hinfort, aus den Augen des Kindes!

Dann machte er mit seinem Hund und Alba an der Hand die kleine Runde und nachher auch noch die grosse.

Aber diesmal fährt das Kind mit. Meine Almut, die wohlgeborgen unter den Händen ihrer Mutter im warmen Stübchen sitzt, während man Alba auf einer Bahre die Treppe hinunterbugsiert und in den Krankenwagen verfrachtet. Lauthals protestiert sie: NICHT IN DEN KRANKENWAGEN! NICHT INS SPITAL! Aber keiner hört auf sie. Auch die Hebamme nicht, die nur im Flüsterton mit dem ankommenden Arzt spricht: Es sieht nicht gut aus. Die Wehen müssen gestoppt werden. Vielleicht Kaiserschnitt.

Aber ich höre alles. Sie können mich nicht loswerden, die zwei. Ich bin schneller als sie. Noch bevor jemand zu Alba einsteigt, bin ich im Wagen. Meine letzte Chance, wie mir bewusst ist. Ich setze mich direkt hinter Albas Kopf. Und schon fahren wir los.

MAMA, WARUM HAST DU MICH VERLASSEN? Es ist die Frage, die ich immer befürchtet habe. Wie soll ich sie je beantworten? Ich weiss es ja selber nicht. Vielleicht weil ich an ein Leben in Schönheit und Sorglosigkeit geglaubt hab. Für immer im weiblichen Zyklus eingefroren. So wie die Eier der kleinen Almut, die sie vielleicht einmal aufheben lässt für einen ähnlich sinnlosen Lebensentwurf. WARUM SIND WIR FRAUEN SO EMPFÄNGLICH FÜR DIE ZUKUNFT?

Ich zucke mit den Schultern und lächle. Nicht allwissend, eher verlegen. Und auf einmal darf ich Alba berühren. Ganz vorsichtig. Ganz zart. Meine Hände streicheln ihre Schultern und ihren Kopf und über ihre Augen.

Als das Kind kommt, bin ich zur Stelle, noch bevor es irgendjemand merkt. Ich fasse sein Köpfchen, stosse es einen Moment zurück, um die dreimal um seinen Hals gewickelte Nabelschnur zu lösen. Ein Handgriff, den ich beherrsche, als hätte ich ihn im Simulator geübt. Kein vorgewärmtes Frottiertuch, kein warmes Bad, nur meine blossen Hände.

Als der Arzt die Kleine entdeckt, hab ich schon alles Nötige getan.

WIE WUNDERSAM!, ruft er.

Wenn er wüsste!

Zum Abschied küsse ich zuerst Alba auf die Stirn und dann Almut.

NOUS TROIS OU RIEN.

42 Grad

Die Hitze war zurückgekehrt. Seit Freitag war sie zurückgekehrt in die Ebene und machte sich breit wie ausgegossenes Öl oder Schlick, der an den Händen klebte. Man wurde sie nicht mehr los, auch wenn man sich im Haus verschanzte, die Storen runterliess und die Aircondition voll aufdrehte. Die Hitze lähmte von innen. Am liebsten wäre er gar nicht rausgegangen. Aber er konnte den Terrier nicht einfach krepieren lassen. Er musste ihn zu Joe bringen. Joe hatte ihnen damals auch den Shepherd gerettet. Aber vermutlich hatte Joe ihnen den Shepherd nur gerettet, weil Maggie ihn hingebracht hatte.

Als er um zehn losfahren wollte, war der Pickup schon so heiss, dass der Hund kaum mehr atmen konnte. Er trug ihn wieder ins Haus und legte ihn in seinen Korb in der Küche. Dann drehte er die Aircondition im Wagen an. Beim zweiten Versuch war es schon halb elf, aber jetzt erträgliche 25 Grad. Er wusste, dass die Praxis um zwei Uhr zumachte. Er fuhr wie ein Irrer. Er strich dem Hund mit einem nassen Lappen über den Kopf. Zum Glück war er der Einzige auf der Strasse. Mit nur einer Hand am Steuer musste er den Schlaglöchern ausweichen. Das war nicht einfach. Die Frau sah er erst im Rückspiegel, als er längst an ihr vorbeigefahren war.

Für einen Moment stellte sie den Spaten ab und wischte sich den Schweiss von der Stirn. Sie goss Wasser in ihr Basecap und stülpte es wieder über ihren Kopf. Das war das Einzige, was für einige Sekunden half, die kurze Kühlung, wenn das Wasser auf dem Kopf verdunstete. Dafür gab es einen Fachbegriff, den sie irgendwo einmal gelesen hatte, aber jetzt, bei der Hitze, wollte ihr das Wort nicht einfallen. Im Grunde genommen hätte sie längst aufhören sollen. Es war bald halb zwölf. Die Sonne stand schon hoch. Aber sie wusste, dass ihr nicht mehr viel Zeit blieb. Und dann spürte sie ihren Willen wieder, der sich von einer Sekunde auf die andere in ein wildes Tier verwandeln konnte und ihr von da an den Spaten führte, ihn in den harten Wüstenboden stiess, als wäre er lockerer Humus. Die Kruste barst und splitterte auseinander. Mit einer ruckartigen Bewegung hob sie die Erde mit der Schaufel hoch und warf sie hinter sich. Dann der nächste Stich. Sie spürte, wie stark ihr rechter Fuss geworden war in den letzten zwei Tagen. Mit einem harten Tritt liess sie ihn auf die Kante des Spatens niedergehen – ein Tiger, der nach dem Sprung aufsetzt.

Über dem Spatenstiel sah sie im flimmernden Licht einen silbernen Wagen auf sich zukommen, der von einer Fahrbahnseite zur andern schlingerte. Ein Pickup. Der Fahrer war entweder verrückt oder betrunken. Beides war hier draussen keine Seltenheit. Reflexartig sah sie nach, ob der Browning noch neben dem Werkzeugkasten lag. Aber der Fahrer schien sie nicht zu beachten. Er hupte nicht einmal und fuhr auch nicht langsamer. Seit sie hier mit der Graberei angefangen hatte, war er der Erste, der sie nicht beachtete. Sonst wurde immer gehupt, oder irgendein Idiot von Fahrer liess das Fenster runter und fragte sie, ob er ihr helfen könne. Dazu das Fickzeichen. Primitivlinge. Leider gab es auf dieser Strecke fast nur solche. Die Strasse führte geradewegs zu den Minen, und dort arbeiteten die Männer im Dreimonatsrhythmus. Drei Monate schuften. Drei Monate frei. Entweder waren sie geil, weil sie drei Monate lang keine Frau mehr zu Gesicht bekommen hatten, oder sie waren geil, weil sie in den Puffs von Adelaide drei Monate lang nur gefickt hatten und dort ihr ganzes Geld losgeworden waren.

Blonder Pferdeschwanz, blaues Foster's-Basecap, pinkes T-Shirt. Mehr konnte er bei der Geschwindigkeit nicht sehen. Keine Ahnung, was die Frau da in der Wüste machte. Vermutlich eine Touristin. Eine dieser Europäerinnen, die allein mit Sack und Pack und einer teuren Kamera durch die Gegend stapfen und sich wundern, wenn sie irgendwann überfallen und vergewaltigt werden. Der *Advertiser* war voll von solchen Berichten. Nur das Foster's-Basecap passte nicht. Foster's-Basecaps trugen nur die Einheimischen. Die gab's bei den Viehmärkten von Strathalbyn oder zu den Rodeos von Wilmington. Der Terrier jaulte. Braver Kerl. War der beste Spürhund für die Karnickeljagd gewesen, den er je gehabt hatte. Verdammtes Pech. Der Hund legte den Kopf auf seinen Arm. Jaulte wieder, aber eindeutig leiser. Ging in ein Wimmern über. Machte plötzlich die Augen zu. Blöder Hund. He, mach die Augen auf. Du willst doch den Doc sehen. Der Doc macht dich wieder gesund. Hörst du?

Es war Zeit aufzuhören. Am Abend nochmals zwei Stunden, und dann musste Schluss sein. Ohnehin war sie bald schon so tief, dass das Weiterarbeiten schwierig wurde. Mit einer Seilwinde wäre alles einfacher. Sie könnte die Erde in einen Eimer schaufeln, ihn randvoll machen, hochziehen und oben ausleeren. Das war keine grosse Sache. Aber zuerst müsste man eine Seilwinde haben. Auch einen Holzgalgen müsste man haben, am besten einen, den man drehen konnte. Einen drehbaren Holzgalgen mit einer Rolle, über die das Seil rollen konnte. Balken waren kein Problem, die gab es genügend hinter dem Haus, aber eine Rolle? Hier brauchte man keine Rollen. Kein einziger Baum in der Gegend weit und breit, und das Haus bestand auch nur aus einem Geschoss. Trotzdem, sie musste noch einmal nachsehen. Im Werkzeugschuppen oder unter dem Vordach, wo jede Menge Krempel herumlag. Gestern hatte sie dort sogar ein altes Fahrrad entdeckt.

Sie nahm ein paar Schlucke aus der grossen PET-Flasche, die sie mitgenommen hatte, und sah zur Sonne hoch. Die Sonne hing jetzt wie eine gleissende Scheibe am Himmel, spiegelglatt und aus Millionen Tonnen Gold gegossen. Sie musste an den Gong denken, den sie im Wakefield Hospital immer geschlagen hatten, wenn es Zeit zum Rapport gewesen war. Eins der Kinder, das noch einigermassen beisammen war, durfte auf den Gong hauen. Eine Art Auszeichnung für die kleinen zähen, kahlköpfigen Monster, die dort die Gänge bevölkerten und auf die Ankunft von Big Daddy warteten.

Der Rapport war eine Farce gewesen. Der Gong ebenso. Das ganze Wakefield Hospital mit all seinen Ärzten und Schwestern war eine einzige Farce gewesen. In Tat und Wahrheit war das Spital nichts als eine Versuchsanlage der Pharmaindustrie. Die Kinder wurden sinnlos mit Medikamenten vollgestopft, nur damit ein paar Wissenschaftler noch ein Paper mehr publizieren konnten.

Er hatte sein ganzes Leben lang geglaubt, dass Joe ein Auge auf Maggie geworfen hatte. Aber als er mit dem Terrier im Arm die Praxis betrat, stellte er fest, dass Joe nicht einmal wusste, dass Maggie tot war. Mit einem schnellen Strich löschte die Praxishilfe Maggies Vornamen auf der Karteikarte und setzte seinen darüber. Das war alles. Kein Gespräch, keine Frage, kein Bedauern. Und das, obwohl Joe mit Maggie in Port Augusta sechs Jahre lang zur Schule gegangen war. Deutlicher konnte man nicht zeigen, dass man sich für die Frau eines andern nie interessiert hatte. Joe klopfte ihm nur kurz auf die Schulter und sagte: »Kopf hoch, Brad.« Dann wandte er sich dem Terrier zu, horchte sein Herz ab, seine Lunge, schaute mit einer Art Taschenlampe in seinen Mund und in seine Ohren. Entweder spielte Joe glänzend Theater, oder Maggie hatte sich etwas eingebildet. Vermutlich war Letzteres der Fall.

Der Terrier liess alles mit sich geschehen. Machte keinen Mucks. Nach der Prozedur legte er den Kopf auf den Plastiküberzug des Behandlungstisches und sah mit ergebenem Blick zu ihm hoch. Er strich ihm über den Kopf. Joe räumte seine Sachen zusammen und sagte: »Das macht keinen Sinn mehr. Am besten lässt du ihn gleich hier, und ich geb ihm eine Spritze. Der lebt noch drei Tage, wenn's hochkommt fünf, dann ist Schluss. Leptospirose. Fortgeschrittenes Stadium.«

Er spürte, wie er zusammenzuckte. Ein Klumpen Lehm, der ins Wasser geworfen wurde. Beim Untertauchen erstarrte er. Lag da unten im Bachbett des Wirrawirrala. Wasser, das über ihn hinwegfloss. Ein paar Congollis, deren helle Bäuche von unten wie vorüberziehende Himmelsgestirne aussahen. Aus ihren Arschlöchern wand sich ein Faden Scheisse. Kometenähnlich.

»Okay«, hörte er Joe sagen. »Deine Entscheidung.«

Er nickte, legte Geld auf das Tischchen der Praxishilfe und hob den Terrier auf seinen Arm. Die Hand, die ihm Joe entgegenstreckte, übersah er.

Eigentlich wollte er noch zum Supermarkt gehen. Aber mit dem Hund auf dem Arm war das unmöglich. Er ging zurück zum Parkplatz und öffnete den Pick-up. Er hatte wieder vergessen, die Aircondition laufen zu lassen. Die Hitze erschlug ihn fast. Kurz entschlossen legte er den Hund in den Schatten unter den Wagen und startete die Klimaanlage. Dann machte er schnell die Tür zu, nahm den Terrier wieder hoch und ging mit ihm quer über den flirrend heissen Parkplatz zu *Jack's*.

Als er die Tür öffnete, sah er eine Horde Jugendlicher in Shorts und verwaschenen T-Shirts vor der Theke anstehen. So lange konnte er mit dem Hund auf dem Arm nicht warten. Er setzte sich auf einen der roten Plastikstühle in der Ecke. Oben, an der Wand, flimmerten grüne Männchen in Astronautenanzügen auf dem Bildschirm. Als ihn eins der Mädchen fragte, was mit dem Hund los sei, zuckte er nur mit den Schultern. Dann bat er sie, ihm einen Whopper zu holen und eine Cola. Sie nickte, nahm sein Geld, das er ihr entgegenstreckte, und reihte sich in die Schlange.

Als sie erwachte, wusste sie einen Moment lang nicht, wo sie war. Erst die zwei Polstersessel mit den gestreiften Jacquardkissen und das Salontischchen, überhäuft mit Zeitungen und Pistazienschalen, gaben ihr einen Hinweis. Es waren die Möbel, die früher einmal an der

Mint Street 15 in Perth gestanden hatten. Das Inventar ihrer Kindheit. Zwischen ihnen hatte sie Puppen aus den *Pretty-Girl*-Heftchen ausgeschnitten und mit ihrem Bruder Wakdodee und 9 to 9 gespielt. Passend dazu lief im Fernsehen jetzt *Pankytanky und die sechs kleinen Astronauten.*

Sie spürte ihren Rücken. Sie musste sich seitlich abrollen, um überhaupt vom Sofa aufstehen zu können. Die Graberei war nicht das Beste für ihn. Wenn sie damit fertig war, würde sie reif für den Chiropraktiker sein. Das stand fest.

In der Küche machte sie sich ein Sandwich und goss sich ein Glas Milch ein. Sie ass im Stehen und schaute aus dem Fenster über die Strasse. Man könnte denken, dass da einfach etwas in der Landwirtschaft gemacht wurde, etwas ganz Gewöhnliches. Irgendetwas umgegraben oder ein Schuppen gebaut.

Als sie fertiggegessen hatte, zog sie das verschwitzte pinke T-Shirt vom Morgen wieder über und setzte sich das Foster's-Basecap auf. Sie hatte es in einem der Schränke gefunden und war ziemlich froh darum. Die Hitze machte ihr mehr zu schaffen, als sie gedacht hatte. Bis jetzt hatte sie sich noch nie länger als zwei Tage hier draussen aufgehalten. Sie hatte jeweils den Bus Richtung Woomera genommen, war bei der Abzweigung, die ins Woojalla-Gebirge führte, ausgestiegen und die 300 Meter bis zum Haus zu Fuss gegangen. Am nächsten Tag denselben Weg zurück.

Auf dem Rückweg fuhr er langsam. Der Terrier schlief jetzt ruhig auf dem Beifahrersitz, und er konnte mit beiden Händen das Steuerrad halten. Wich er einem Schlagloch aus, fuhr er gleich wieder zurück auf die linke Fahrbahnseite, so als könnte ihm in dieser Einöde tatsächlich jemand auf der anderen Spur entgegenkommen.

Die Frau war immer noch da. Oder besser: Sie war wieder da. So lange konnte es kein Mensch hier draussen in der Hitze aushalten. Er fuhr noch langsamer. Er sah, dass sie bis zu den Hüften in einem Loch stand und Erde aushob. Den Dreck warf sie über ihre rechte Schulter nach hinten auf einen Haufen. Für eine Frau arbeitete sie ziemlich schnell. Ein grosser Schweissfleck war hinten auf ihrem pinken T-Shirt zu sehen, darüber ihr blonder Pferdeschwanz, der aus dem Foster's-Basecap wuchs und über ihren Schultern hin- und herschwang.

Sie musste ihn gesehen haben, aber sie ignorierte ihn, machte einfach weiter. Bückte sich, warf Erde hinter sich, bückte sich wieder. Das ockerfarbene kleine

Haus auf der andern Seite der Fahrbahn sah er erst, als er schon ganz nahe war. Es hatte dieselbe Farbe wie die Erde und das dahinter liegende Gebirge. Deshalb war es ihm wohl nie aufgefallen. Oder es war erst neu gebaut worden. Er fuhr nur selten in diese Richtung.

Die Leute, die hier wohnten, waren vermutlich Dingojäger, oder der Mann arbeitete in den Minen. Hier konnte man billig wohnen. Beinahe gratis. Zum Teil wurden die Leute sogar von der Regierung angeworben, um sich hier draussen anzusiedeln. Sie bekamen eins dieser Containerhäuser und mussten im Gegenzug irgendwelche Beobachtungen machen: Wetter, Militär oder Ähnliches.

Beinahe mit einem Schlag war es dunkel. Aber sie kannte das schon. Mit grosser Geschwindigkeit packte sie die beiden Wassergallonen, die jetzt fast leer waren, goss sich die Reste über den Kopf und über das T-Shirt und stieg aus dem Loch. Oben klopfte sie sich den Dreck von den Fusssohlen und schlüpfte in ihre Espadrilles, die sie fein säuberlich neben dem Browning platziert hatte, als würden sie noch immer im Eingangsbereich ihrer kleinen Schwesternwohnung im Wakefield Hospital stehen. In einer Reihe mit ihren Gesundheitssandalen, die sie während der Arbeit trug, und ihren Onitsuka-Laufschuhen. Mit einem Mal wusste sie, dass sie nie wieder in diese Wohnung zurückkehren würde. Weder in die Wohnung noch ins Krankenhaus. Das hier war der Schlusspunkt.

Sie ging quer über die Strasse zum Haus, das jetzt wie eine Schildkröte im Halbschlaf vor sich hindämmerte. Dahinter das Woojalla-Gebirge, das bereits im Schatten lag. Sie wusste, man konnte dort hinauffahren und hatte einen herrlichen Blick auf die Wüste. Wenn sie hier fertig war, würde sie versuchen, den alten Chevy, der hinter dem Schuppen stand, in Bewegung zu setzen.

Sie schlüpfte ins Haus, zog ihre Espadrilles aus und ging ins Bad. Das Wasser reichte gerade, um den Schmutz runterzuspülen. Haarewaschen lag nicht drin.

Sie zog saubere Kleider an und machte sich fertig für den Abenddienst, wie sie das Ganze nannte. Sie öffnete den Kühlschrank, nahm die Medikamente raus, dosierte sie und zog eine Spritze auf. Sie legte sie auf ein Tablett. Daneben eine Schale mit Wasser und einen Waschlappen. Frische Betteinlagen befanden sich im Schlafzimmerschrank. Hoffentlich waren noch genug da.

Als er den Terrier aus dem Wagen hob und in die Küche brachte, schien er wie verwandelt. Er hob den Kopf, streckte sich und ging auf wackligen Beinen sogar bis zu seinem Futternapf. Gierig trank er von dem schalen Wasser, das den ganzen Tag über dort gestanden hatte.

Er nahm ein paar von den Fleischstückchen aus dem Kühlschrank, die er gestern kleingeschnitten hatte, ohne dass sie Anklang gefunden hatten. Während der Hund, alle viere von sich streckend, an einem Fleischstück kaute, sah er sich die Abendnachrichten an. Heraufsetzung der VAT und Kürzung der Renten. Die neue Regierung erlaubte sich alles. Er dachte an seine Tochter, die nach Singapur ausgewandert war, weil sie keine anständig bezahlte Arbeit mehr gefunden hatte. Die Asiaten waren auf der Suche nach gut ausgebildetem Personal, weil sie wirtschaftlich vorwärts machten, und hier lief bald gar nichts mehr.

Er stand auf und holte sich ein Bier aus dem Kühlschrank. Er öffnete es mit dem Daumen und setzte sich zurück auf das Sofa. Essen mochte er nicht. Der Whopper hatte ihm gereicht. Er ass ohnehin nur noch unregelmässig. Oft weckte ihn der Hunger mitten in der Nacht, dann ass er. Manchmal briet er sich sogar Spiegeleier.

Nicht dass er der Typ gewesen wäre, der alles schleifen liess. Rentner, die nach dem Tod ihrer Frauen nur noch vor der Slot Machine sassen oder soffen, verachtete er. Er stand am Morgen zeitig auf, wusch sich, rasierte sich, machte sogar so etwas wie Gymnastik und besorgte den Haushalt. Wäsche waschen und das Nötigste putzen. Freitags kontrollierte er die Abrechnungen bei Bogie and Williams in Woomera und trank danach ein Bier bei Fifty's. Wer ihn nicht kannte, musste denken, dass er sein Bier genau wie alle andern nach einer anstrengenden Arbeitswoche trank.

Sie öffnete die Tür und horchte einen Moment. Das Schnarchen war normal. Ab und zu ging es in ein Röcheln über. Auch das war normal. Sie wusste, das hatte alles damit zu tun, dass die Patienten in diesem Stadium den Mund nicht mehr schliessen konnten. Er trocknete aus, und beim verzweifelten Versuch, doch noch etwas Spucke zu produzieren, verschluckten sie sich. Aus diesem Grund hatte sie einen Luftbefeuchter direkt vor seinem Mund installiert, aber eigentlich half das nicht viel. Am besten ging's, wenn man regelmässig mit einem nassen Schwämmchen den Mund auswusch. Das half auch gegen die Pilze, die sich gern entwickelten.

Sie stand in der halboffenen Tür. Im schwachen Schein der kleinen Notlampe, die sie beim Lichtschalter angebracht hatte, sah sie seinen Körper im Bett liegen. Seine Beine und Arme weit auseinandergespreizt unter der dünnen Decke. Sein Kopf nach hinten gelegt, das Kinn hochgereckt. Die Kissen, die sie ihm am Mittag unter seinen Nacken geschoben hatte, musste er runtergeschmissen haben. Er sah jetzt aus wie damals, als er ihr im Claremont Pool den Toten Mann beigebracht hatte. Vollkommen entspannt, damit ihn das Wasser trug.

Einen Moment lang überlegte sie, wo sie mit der Nadel am besten einstechen konnte. Wieder im Oberarm oder doch besser im Unterschenkel, wo noch kräftigeres Gewebe vorhanden war? Aber als sie sich über ihn beugte und ihn mit der Hand an der Wange berührte, damit er beim Einstich nicht erschreckte, wusste sie, dass sie ihm die Spritze ersparen konnte.

Der Terrier frass nur etwa drei Fleischstückchen. Den Rest liess er stehen und legte sich dann hin, den Kopf auf die Vorderpfoten gebettet. Plötzlich riss er den Mund auf, so als würde er keine Luft mehr bekommen, gab aber keinen Ton von sich. Er hob den Hund hoch, ein weiches, schlaffes Bündel, und legte ihn neben sich auf das Sofa. Es lief irgendein Rugbyspiel. Die Brisbane Broncos gegen die New Zealand Warriors. Die Spieler rannten herum, als wären es nicht mehr als 20 Grad. Rissen nur ab und zu ihre Basecaps vom Kopf und liessen sich von ihren Trainern, die am Rand des Felds standen, Wasser über den Kopf giessen. Danach eine Sendung über die Queen, die ein Spalier winkender Menschen abfuhr. Die Strasse kam ihm irgendwie bekannt vor. Vermutlich Edinburgh. In Edinburgh war er oft gewesen, als er noch für Green Glass Windows arbeitete. Wäre er in England geblieben, wäre er zum 80sten der Queen eingeladen worden. Er war auf den Tag genau gleich alt wie sie. Tea Party in Covent Garden mit lauter 80-Jährigen. Zum Glück war er ausgewandert.

Er strich dem Terrier über den Kopf. Er spürte sein struppiges Fell, seine Ohren, die Augen, die Schnauze. Darunter den kleinen, festen Schädel.

Sie fuhr langsam die Serpentinen hoch. Vor jeder Kurve musste sie in den ersten Gang schalten und nach der Kurve wieder in den zweiten. Das verlangte viel Konzentration. Sie war seit ewigen Zeiten nicht mehr Auto gefahren, hatte selbst nie eines besessen. Wozu auch? Sie hatte immer nur in Städten gelebt.

Als sie endlich oben war, fuhr sie auf den Parkplatz des Aussichtspunktes, der mit *Vast Hereafter* ausgeschildert war. Sie machte den Motor aus und zog die Handbremse, prüfte, ob sie das Licht ausgeschaltet hatte, und stieg aus.

Die Monaree-Ebene lag von rotem Licht überflutet vor ihr. Eine riesige ausgebreitete Fläche, vollkommen leer – nur von einem einzigen Strich durchzogen: der Strasse, die von Port Augusta nach Woomera führte.

Als er im Morgengrauen erwachte, lag seine Hand noch immer auf dem Kopf des Terriers. Eine Weile blieb er so sitzen. Die Hand auf dem kalten Hundeschädel.

Dann stand er auf und ging hinaus.

Hinter dem Haus suchte er nach einem Spaten und überquerte die Strasse.

Während er zu graben begann, hob er für einen Moment den Kopf und sah, dass sich in der Ferne langsam ein Wagen näherte.

Textnachweis

42 Grad
Vorabgedruckt in: *die horen.* Bd. 270: *Wir leben in den Erinnerungen von morgen.* Entwürfe, Vergewisserungen, Zeitdiagnosen. Zusammengestellt von Jürgen Krätzer, Juli 2018.

Fireballs
Erstmals erschienen unter dem Titel *Die Umrisse eines Hauses* in: *Motte im Datenkleid. Schweizer Autorinnen und Autoren schreiben Science (Non) Fiction-Geschichten.* Hg. von Margrith Raguth. Wabern/Bern: Benteli 2005.